中国国家汉办规划教材

مواد تعليمية من مكتب المجلس الدولى للغة الصينية

اللغة الصينية في مائة محاضرة

课本 II

مجلد الدروس II

主　编　李芳杰

副主编　翟　汛

编　者　杨　巍　孙萍萍　朱德君

　　　　周颖菁　程乐乐　潘　田

　　　　黄俊红

翻　译　هشام موسى المالكي

　　　　إسراء عبد السيد حسن

北京大学出版社
PEKING UNIVERSITY PRESS

图书在版编目(CIP)数据

汉语 100: 阿拉伯文版. 课本. 2/ 李芳杰主编. —北京：北京大学出版社，2011.1
ISBN 978-7-301-18106-5

Ⅰ. 汉…　Ⅱ. 李…　Ⅲ. 汉语-对外汉语教学-教材　Ⅳ. H195.4

中国版本图书馆 CIP 数据核字（2010）第 227817 号

书　　　名：**汉语 100 课本 Ⅱ**
著作责任者：李芳杰　主编
责 任 编 辑：孙　娴
标 准 书 号：ISBN 978-7-301-18106-5/H・2697
出 版 发 行：北京大学出版社
地　　　址：北京市海淀区成府路 205 号　100871
网　　　址：http://www.pup.cn
电　　　话：邮购部 62752015　发行部 62750672　编辑部 62767349　出版部 62754962
电 子 邮 箱：zpup@pup.pku.edu.cn
印 　刷 　者：北京大学印刷厂
经 　销 　者：新华书店
　　　　　　787 毫米×1092 毫米　16 开本　20.75 印张　450 千字
　　　　　　2011 年 1 月第 1 版　2011 年 1 月第 1 次印刷
定　　　价：65.00 元

教材项目规划小组

许　琳　　　马箭飞　　　赵　路

陈伟光　　　董德刚　　　陈希原

赵国成　　　宋永波　　　郭　鹏

部分编者简介

李芳杰 Li Fangjie，武汉大学教授，中国语言学会理事，世界汉语教学学会会员。1964 年、1968 年先后毕业于北京大学中文系汉语专业、北京语言学院外语系阿拉伯语专业。1968 年至今在武汉大学中文系、留学生教育学院任教，曾任武汉大学学术委员会委员、中文系汉语教研室主任、留学生部副主任、《汉语大字典》武大编写组副组长，湖北省语言学会副会长，中国对外汉语教学学会常务理事等职。一直从事现代汉语和对外汉语教学与研究。1972~2002 年先后应邀赴也门（4 年）、埃及（2 年）、叙利亚（1 年）、日本、法国、德国、西班牙和英国等国任教或访问。出版论著《汉语语法和规范问题研究》、《汉语语义结构研究》，主编教材《汉语》、《文科通用汉语》、《大众汉语》（初级本、中高级本），参编《实用中国语》、《现代汉语教程》、《中华小百科全书·语言文字》（副主编）。发表论文数十篇，有的为中国人民大学书报资料中心或法国《汉语目录学杂志》（法文）刊印或摘要。

翟汛 Zhai Xun，1977 年毕业于武汉大学中文系汉语言文学专业。现为武汉大学留学生教育学院教授、副院长，武汉大学对外汉语教育研究所所长，中国对外汉语教学学会理事，世界汉语教学学会会员，湖北省语言学会理事。长期从事对外汉语教学与研究。曾赴德国、蒙古等国讲学。主要研究方向为对外汉语教学法理论和对外汉字教学。主要研究成果有：论文"关于初级汉语读写课中汉字教学与教材编写的思考"、"现代汉字的成字部件及与其相关的字形整理问题"、"对外汉字教学现状再分析"等；著作《微机汉字处理》、《现代汉语知识读本》、《汉字音形速查》等。

杨巍 Yang Wei，武汉大学硕士，武汉大学留学生教育学院讲师、基础汉语系副主任，中国对外汉语教学学会会员。1996 年毕业于北京语言文化大学外语系阿拉伯语专业，一直从事对外汉语教学与研究，主要研究领域为语言对比、第二语言习得及语言教学。曾应邀赴突尼斯高等语言学院任教。发表论文"汉阿被动表述比较研究"、"汉阿被动意义名词性短语比较研究"、"非母语语言习惯对目的语习得迁移作用初探"、"关于编写专供日本学生使用的初级汉语教材的思考"、"单音形容词充当状语能力的考察"等。

目　录
الفهرس

会话　Ⅱ（2）　الحوار

阅读　المطالعات

今天，你上网了吗

二、注释　الشرح والتعليق 128

1. 今天晚上 8 点到 11 点要停电

2. 不能洗澡多难受啊

3. 元

三、语法　القواعد 130

1. 连动句（3）：表示动作先后或情况连续发生

جملة الأفعال المتتالية (3): التعبير عن ترتيب الأفعال أو الأحداث في اللغة الصينية

2. 对……来说

四、生成练习　مفردات ممتدة 131

五、功能示例　نماذج تطبيقية 132

谈打算　الحديث عن الترتيبات

六、练习　التدريبات 133

七、中国文化知识　معلومات عن الثقافة الصينية 138

手势　مغزى إشارات اليد عند الصينيين

第二十四课　你今天穿得真漂亮　ما أجمل ملابسك اليوم 140

一、课文　النص 140

会话　Ⅰ（1）　الحوار

会话　Ⅱ（2）　الحوار

阅读　المطالعات

特别的日子

二、注释　الشرح والتعليق 144

1. 这些是汉字？

2. 这么早

有把握

التأكد من شيء ما

前　言
مقدمة

　　《汉语 100》是为阿拉伯语国家大学中文系以及类似教学机构编写的初、中级汉语教材；其中，初级汉语教材适当兼顾阿拉伯地区社会人员学习汉语的需要。教材的宗旨是：通过语言要素、交际功能以及相关文化的教学，对学习者进行听说读写综合技能训练，培养学习者运用汉语进行交际的能力。

　　一、教材是按大学中文系四个年级的汉语综合课（精读课）教学需要设计、编写的，每个年级两册，共八册，第一至第四册为初级汉语教材，第五至第八册为中级汉语教材。每两册课本配一本《教师手册》，第一至第四册还配有录音带，供教师教学用。

　　学完第一至第四册，可满足日常生活、学习和社交的基本需要，基本达到进入中国理工医科院系学习的标准；学完第五至第八册，可满足日常生活、学习、社交和一定范围内工作（如导游、初级翻译）的需要，达到进入中国人文社会科学院系学习的标准。

　　二、第一至第四册每册 15 课，每课包含 3 个篇章，每次（100 分钟）学一篇，基本上每周学一课，每学期学一册。第一册前 5 课为语音阶段，集中教学语音。第一至第三册各课都将通过练习，有针对性地操练语音。从第 6 课开始为语法和功能阶段。第一至第四册出功能项目 69 个，语法点 131 个，生词约 2200 个，汉字约 1300 个。第五至第八册每册 10 课，每课 1 至 2 篇主课文，3 篇副课文；后四册共 40 课，出生词约 1800 个，话题 10 余个、语法点 71 个。八册课本共 100 课，约 4000 个生词。每课生词从一二十个逐步增加到五六十个，前四册还分散到 3 个篇章，因此，生词密度适当，课文长短相宜。

　　语音阶段过后，从第 6 课至第 15 课设置"汉字"栏目，对汉字的性质、笔画、部件、结构和造字方法等作简要介绍，并有相应的汉字练习，教师可结合练习作适当讲解，以减少学生读写汉字的困难。汉字练习则以笔顺和部件训练为重点，一直安排到第三册。本教材还十分重视汉字在词汇和语法教学中的特殊作用，以字串词，以字代语素讲合成词，从"多用法字"的角度总结"的、了、呢、吧、在、有、是、过、还"的多种语义和功能等都体现了这点。

第一至第四册的"生成练习"，第五至第八册的"词语串联、搭配和扩展"两大栏目，通过同字、近义、反义和相关义相串生成单词，通过词语搭配生成短语，通过句型替换生成句子。这是基于成年人学习外语具有自觉、速成、类推的特点而设置的。全书通过串词以及副课文扩充生词 2000 多个，供有兴趣的学习者自学用，不在课堂教学范围，教师可灵活掌握。

三、初级汉语教材从结构与功能的关系上考虑，或以结构为纲，或以功能为主。本教材着眼于功能/话题、语言结构和内容等的作用，初级阶段提出以功能为导引，以语言结构为脉络，以汉阿对比为标志，以内容为准绳，文化寓于字词句教学之中的编写原则。

1. 以功能为导引，就是要把培养学习者的言语交际能力作为出发点，以功能项目引出课文题旨，导示会话情景和课文内容，以求学以致用。功能跟句型结合，由浅入深。每课有"功能示例"，列出本课功能及其典型用例；每 5 课有一个"功能小结"，汇集本单元功能的典型句例，并通过"综合会话"培养学习者综合运用多个句式表达多种功能的交际能力。"功能示例"中的会话可根据教学需要和教学时间有选择地在课堂进行。

2. 以结构为脉络，即以语法点串联各课，一是连绵不断，有主有次，由易到难；二是循环流动，或隐或现，重现有序，达到培养学习者语言能力的目的。每课有 1 至 3 个语法点，每 5 课有一个"语法小结"；教材以句型为主体，贯穿全书，从第一册到第八册；重点句型如"把"字句、被动句、比较句、兼语句、"有"字句、"是……的"句、主谓谓语句等作精心切分，安排在几课甚至几册中。比如"把"字句的三个常用句式安排在初级阶段的第三、四册的第 40、48、53 课，中级阶段的第五、六册则讲"'把'字句用于目的复句和因果复句"（第 61 课）、"连动句中含'把'字结构"（第 64 课）、"表致使意义的'把'字句"（第 78 课）。连绵不断、循环递进的语法点，特别是重点句型和虚词，犹如脉络把全书各课、各册，把初级、中级两个阶段自然而紧密地连接了起来。

　　国别汉语教材应该重视学习者母语和汉语差别的比较。本教材人物取名、情景设置力求具备阿拉伯特色；汉阿语言的差别，或只对汉语作适当讲解，注意启发学生自己与阿语对比；或汉语、阿语对比着讲，做到以汉阿语言结构对比为本教材的基本标志。比如，语序既是汉语重要的语法手段，又是汉阿语法上的主要不同点，教材在第5课里点到主语和谓语的排序，第10课语法小结则涉及汉语"最基本的语序"，第20课语法小结再就最重要的句型动词谓语句与阿语动词句进行直接对比分析，这样，学习者就会对汉阿语序的差别有一个较深的理解。这种隐显结合、渐进重现、由简单到复杂的对比教学应该是点拨式的、启发式的。

　　3. 以课文内容为准绳，即把情景的真实性、内容的趣味性、语言的规范性作为衡量教材质量的首要标准。本教材在这方面作了很大努力。为使课文情景真实、内容有趣，在场景设置上不局限于学校，联系社会；不局限于中国，联系阿拉伯，并尽可能做到两种场景交融，例如第22课，会话 I "去金字塔怎么走"，会话 II "我爸爸要去中国做生意"，阅读是"北京欢迎您"。为使语言规范流畅，对编写纲要安排的语法点允许小的变更，管大放小，即大的、起标杆作用的语法点不轻易更动，小的语法点可以适当为内容、语言的需要让路，或删或隐，或挪后或提前。

　　四、第五册以后，适应中级阶段汉语教学需要，编写原则有所变动，以话题为导引，以内容为准绳，文化和语言结构双轨并行，贯穿全书。

　　1. 话题主要包括：教育，工作，诚信，人际关系（人间情、爱情等），现代生活（交通、电信、消费、娱乐等），环保，现代女性，中国传统文化（饮食、民居、习俗、节日等），伊斯兰民俗、文化。多角度地反映中国人民的精神面貌和中国社会的发展，反映阿拉伯人民的民俗文化和社会发展。课文素材绝大多数选自近年来的中国报刊，内容新鲜、实在、有意思，可读耐看。

　　2. 语言结构方面，后四册对前四册语法点有选择地深化、拓展和补充。除了重点句型和复杂成分外，还加强了话语分析和练习，适当安排多重复句和句群的讲解，以提高学习者成段表达的能力。

　　五、本教材题型较多，题量不少，可根据教学时间和需要，有的在课堂上练习，如看图说话，交际练习；有的则要求课后完成。

六、第 11 至第 30 课有"中国文化知识"、第 31 至第 60 课有"中国之旅"，只出阿文，仅供学习者阅读，不在教学范围之内。

七、第一至第八册均附有生词、语法和词语注释索引，此外，一、二册还附有汉字索引、汉字偏旁表，第一至第四册还附有功能索引。

八、编写组由武汉大学 6 名正、副教授和 3 名讲师组成，李芳杰教授任主编，翟汛教授任副主编。具体分工如下：

课文：杨巍（1 至 6 册）孙萍萍（1 至 4 册，7、8 册）朱德君（5、6 册）周颖菁（7、8 册）

注释、语法：李芳杰（1 至 7 册）杨巍（1 至 4 册）潘田（7、8 册）

练习：朱德君（1 至 6 册，8 册）翟汛（1、2 册）黄俊红（7、8 册）

中国文化知识、中国之旅（中文稿）：周颖菁

教师手册：程乐乐（1、2、4 册）潘田（3 册）

杨巍协助主编统改全书，朱德君、程乐乐、黄俊红参加部分改稿工作。

埃及阿拉伯共和国艾因·夏姆斯大学语言学院中文系希夏姆教授、伊斯拉教授承担全书翻译和部分书稿统改。

九、本教材为中国国家对外汉语教学领导小组办公室主持的重点项目，由武汉大学留学生教育学院承担。国家汉办严美华主任、姜明宝副主任和宋永波处长对整个项目进行总体策划和组织，宋永波处长和刘兵博士给予编写工作许多指导和帮助。北京语言大学施光亨教授、鲁健骥教授、郭志良教授、朱立才教授，北京师范大学马燕华教授，中国人民大学罗青松副教授，北京大学杨德峰副教授和埃及艾因·夏姆斯大学穆哈欣教授、希夏姆教授、伊斯拉教授等对编写大纲和教材初稿提出了许多宝贵意见，在此，我们一并表示深切的谢意。

我们在编写过程中参考了部分汉语教材和前辈时贤的论著，后四册选用了某些文章作为课文（稍作技术处理，并注明出处）。对上述教材、论著和文章的作者表示衷心的感谢。

我们还要感谢武汉大学校领导和留学生教育学院的领导、教师，没有他们的大力支持，我们是很难完成编写任务的。

　　这是中国第一套专为阿拉伯语国家大学中文系以及类似教学机构编写的汉语教材，筚路蓝缕，任务艰巨，时间紧迫，我们全力以赴，用了一年多的时间完成了全部书稿。由于编者水平有限，难免有不当之处，诚望专家、同仁和使用者指正。

　　　　　　　　　　　　　　　　　　　　　　李芳杰
　　　　　　　　　　　　　　　　　　　二〇〇四年六月三十日
　　　　　　　　　　　　　　　　　　　　于中国武汉大学

مقدمة

إن سلسلة ((اللغة الصينية في مائة درس)) مجموعة من الكتب الدراسية لتعليم اللغة الصينية، تلبي احتياجات طلاب المرحلة الجامعية وما يعادلها بالدول العربية في دراسة المستوى المبتدئ والمتوسط من اللغة الصينية. كما تتناسب المرحلة الأولى من هذه السلسلة مع الاحتياجات العامة لدارسي اللغة الصينية في المنطقة العربية. والهدف من هذه السلسلة هو: تدريب دارسي اللغة الصينية من العرب على المهارات اللغوية المختلفة من استماع وحديث وقراءة وكتابة بصورة متوازنة؛ وذلك من خلال التعرف على المكونات الأساسية للغة، ومهارات التواصل اللغوي وما يتعلق به من مفردات ثقافية، بغرض تمكين الدارس من التعامل باللغة الصينية.

أولا: صممت هذه السلسلة لتوافي الاحتياجات الأساسية للحياة اليومية والدراسية والتواصل الاجتماعي، كما توافي احتياجات السنوات الأربع من مادة "اللغة الصينية الشاملة" (المطالعة المتعمقة) بأقسام اللغة الصينية بالمرحلة الجامعية، وتم التأليف على أساس أن يدرس لكل فرقة عدد 2 جزء من السلسلة، وبذلك يكون مجموع أجزاء السلسلة ثمانية أجزاء، على اعتبار أن تخصص الأجزاء من 1- 4 للمستوى المبتدئ، وتخصص الأجزاء من 5- 8 للمستوى المتوسط. كما يرفق مع كل جزأين دليل للأساتذة، هذا بالإضافة إلى أن الأجزاء من 1- 4 يرفق معها مادة سمعية مسجلة على شرائط كاسيت للاستخدام في عملية التدريس.

الأجزاء من 1- 4 تؤهل الطالب للتعامل مع الاحتياجات الأساسية للحياة اليومية والدراسية ومتطلبات التواصل الاجتماعي، كما تؤهله للالتحاق بكليات العلوم والهندسة والطب داخل الصين، أما الأجزاء من 5- 8 فتؤهل الطالب للتعامل مع متطلبات الحياة اليومية والدراسية والتواصل الاجتماعي، كما تؤهله للعمل في مجالات محددة مثل الإرشاد السياحي والعمل المبدئي في مجال الترجمة، كما تؤهله للالتحاق بكليات العلوم الإنسانية والاجتماعية داخل الصين.

ثانيا: الأجزاء من 1- 4 يحتوي كل منها على خمسة عشر درسا، بكل درس منها ثلاثة أقسام، تدرس هذه الدروس في ثلاثمائة دقيقة (خمس ساعات)، بواقع درس واحد أسبوعيا، ويدرس كل جزء من السلسلة في فصل دراسي كامل. وقد تم تخصيص الدروس من 1- 5 من الجزء الأول لمرحلة الصوتيات حيث يتركز فيها تدريس صوتيات اللغة الصينية (كما روعي أن يحتوي كل درس من الأجزاء من 1- 3 على تمرينات في صوتيات اللغة الصينية. أما الدرس السادس فيبدأ معه تدريس القواعد والمهارات اللغوية. الأجزاء من 1-4 تحتوى على 69 مهارة لغوية، كما تشتمل على 131 قاعدة لغوية و2200 كلمة، و1300 رمزا صينيا. أما الأجزاء من 5-8

فيحتوي كل منها على عشرة دروس، بكل درس نص أو نصين أساسيين، بالإضافة إلى ثلاثة نصوص فرعية، وتحتوي هذه الأجزاء على 1800 كلمة جديدة، موزعة على حوالي عشر موضوعات، كما تضم شرحا لإحدى وسبعين قاعدة نحوية. وتحتوي هذه الأجزاء على 1800 كلمة جديدة، موزعة على حوالي عشر موضوعات، كما تضم شرحا لخمسين قاعدة نحوية. وتحتوي السلسلة بكامل أجزائها على مائة درس تضم 4000 كلمة جديدة، بمعدل 10-20 كلمة في كل درس تزداد تدريجيا لتصل إلى 50- 60 كلمة، ونظرا لأن الأجزاء من 1-4 يحتوي كل منها على ثلاثة أقسام، فإن الكلمات بها تتلائم مع طول النصوص بكل درس.

بعد انتهاء مرحلة الصوتيات، وبالتحديد من الدرس السادس حتى الدرس الخامس عشر، تم تخصيص وحدة للرموز الصينية يتم من خلالها تعريف الطالب بصورة مبسطة على طبيعة الرموز الصينية من حيث الخطوط المكونه لها، والأجزاء التي تبنى منها، وطرق تكوين وبناء الرموز الصينية، إلخ. هذا بالإضافة إلى تدريبات على الرموز التي ترد في كل درس، ويمكن للأساتذة إضافة تدريبات أخرى بصورة مناسبة لتخفيف عبء قراءة وكتابة الرموز الصينية على الطالب. تم إعداد التدريبات على الرموز الصينية على أساس أولوية كتابة الخطوط والأجزاء المكونة للرمز، وذلك حتى نهاية الجزء الثالث من السلسلة. هذا بالإضافة إلى أن تلك السلسلة تولي اهتماما كبيرا بالدور الخاص الذي يلعبه الرمز داخل الكلمة وتدريس القواعد في اللغة الصينية، وقد اهتمت السلسلة بإظهار تلك الخاصية من خلال الاهتمام بتدريس طرق تكوين الكلمات من سلاسل الرموز، وطرق تكوين الكلمات المركبة من المورفيمات اللغوية التي تمثل رمزا واحدا، هذا بالإضافة إلى دراسة رموز مثل: "还، 过، 是، 有، 在، 吧، 呢، 了، 的" وغيرها من خلال التركيز على شرح تعددها الدلالي والوظيفي.

وحدة " المفردات الممتدة " بالأجزاء من 1- 4، ووحدة " سلاسل واقتران وتوسيع الكلمات " بالأجزاء من 5- 8 تهتمان بتوليد الكلمات المفردة عن طريق ذكر الكلمات التي يربط بينها رمز متشابه، والكلمات متقاربة المعنى والكلمات المتضادة وغيرها، بالإضافة إلى توليد العبارات عن طريق اقتران الكلمات مع بعضها، وتوليد أنواع جديدة من الجمل عن طريق تبديل بعض عناصر الجملة. وقد تم تصميم ذلك اعتمادا على الميزة النسبية التي يتمتع بها الكبار في تعلم اللغات الأجنبية والتي تكمن في القدرة على الإدراك والاستدلال وسرعة التعلم. وتحتوي السلسلة على 2000 كلمة تم إدراجها ضمن سلاسل الكلمات وجزء توسيع الكلمات الذي يرد مع كل نص إضافي، بغرض تدريسها لمن يستهويه الأمر من الطلاب، وللأساتذة الحرية في شرحها أو عدم شرحها داخل المحاضرة.

ثالثا: المستوى المبتدئ من هذه السلسلة تم تأليفة على أساس التكامل بين البناء اللغوي والوظيفة التي تؤديها اللغة في التواصل الاجتماعي؛ حيث بدأنا بوضع البناء اللغوي الذي يحدد الخطوط العامة للسلسلة، وراعينا الوظيفة اللغوية في وضع التفاصيل التنفيذية لكل جزء. وقد وضعنا نصب أعيننا أن يكون هناك تكامل

بين كل من الوظيفة اللغوية/ موضوعات الدروس والبناء اللغوي ومضمون كل درس، وبناءً على ذلك راعينا بعض المبادئ التي تجسدت في اعتبار الوظيفة مرشدا، والبنية اللغوية رابطا، والمقابلة بين الصينية والعربية علامة مميزة، والمضمون مقياسا، هذا بالإضافة إلى تضمين العنصر الثقافي في كافة المستويات اللغوية سواء على مستوى الرمز او الكلمة أو الجملة.

المقصود باعتبار الوظيفة مرشدا لهذه السلسلة هو جعل نقطة الانطلاق هي تنمية قدرة الطالب على التواصل اللغوي، ومن هنا استلهمنا موضوعات الدروس من الاحتياجات الوظيفية للغة، وتم استلهام مشاهد الأحداث ومضمون النصوص من الوظائف اللغوية المختلفة حتى يمكن تحفيز الطالب على الدراسة والاستخدام في نفس الوقت. وقد تم التوفيق بين الوظائف اللغوية وأنماط الجمل المستخدمة عن طريق التدرج في الصعوبة كلما تقدم الطالب في الدراسة. ويحتوى كل درس على "نماذج تطبيقية" تتناول الوظائف اللغوية التي وردت في نفس الدرس وأمثلة نموذجية عليها، هذا بالإضافة إلى "ملخص للنماذج التطبيقية" كل خمسة دروس تتجمع فيه الأمثلة النموذجية التي وردت بكل وحدة، بالإضافة إلى "حوارات مجمعة" لتأهيل الطالب لاستخدام العديد من أنماط الجمل في عمل تواصل لغوي في مجالات مختلفة. وتجدر الإشارة إلى ان الحوارات التي ترد في "النماذج التطبيقية" يمكن تدريسها بحرية حسب احتياجات الدراسة والجدول الزمني للتدريس.

المقصود باعتبار البنية اللغوية رابطا يتمثل أولا في جعل البناء اللغوي للغة الصينية هو الرابط الذي يجمع كل الدروس مع بعضها بصورة متصلة ومتجانسة، والتمييز بين ما هو أساس وما هو فرع، وتدرج الموضوعات من السهولة إلى الصعوبة، وثانيا يتمثل عن طريق انسياب موضوعات القواعد بصورة إيقاعية تتناوب صعودا وهبوطا عبر أجزاء السلسلة، ومن ثم يتم الوصول بالطالب إلى المستوى اللغوي المستهدف. فكل درس يحتوي على ثلاثة قواعد نحوية، وبعد كل خمسة دروس يأتي "ملخص القواعد النحوية"، هذا بالإضافة إلى أن السلسلة تهتم بأنماط الجمل اهتماما أساسيا، وقد راعينا أن يتخلل شرح أنماط الجمل خلال السلسلة بأكملها، على سبيل المثال نجد أن الأنماط المختلفة للجمل مثل جملة "把"، وجملة المبني للمجهول، وجملة المقارنة، والجملة المحورية، وجملة "有"، وجملة "是.......的"، والجملة التي مسندها جملة، تم شرحها بعناية كبيرة ابتداءً من الجزء الأول وحتى الجزء الثامن من السلسلة. وتم تناول كل منها بالشرح في أكثر من درس، بل في أكثر من جزء، مثلا: الأنماط الثلاثة الشائعة لجملة "把" تم شرحها في الدروس رقم 40، و 48، 53 في المستوى المبتدئ على مدى الجزأين الثالث والرابع، أما في المستوى المتوسط وعلى مدى الجزأين الخامس والسادس فقد ورد في الدرس رقم 61 شرح لجملة "把" عندما تأتي في الجملة المركبة المعبرة عن الهدف، والجملة المركبة المعبرة عن السبب والنتيجة، وورد في الدرس رقم 64 شرح لجملة "把" عندما تأتي بمعنى "使"، وهكذا نجد أن القواعد النحوية تتوارد بصورة مستمرة ومتدرجة داخل السلسلة،

وبخاصة أنماط الجمل الهامة والأدوات المساعدة، حيث يتم تناولها بصورة توثق الترابط بين أجزاء السلسلة بكاملها بمستوييها المبتدئ والمتوسط.

انطلاقا من ضرورة احتواء مواد تدريس اللغة الصينية الموجهة للناطقين بلغات مختلفة على مقارنات مع لغتهم الأم، لم تغفل هذه السلسلة أن تأتي بأسماء الشخصيات والمشاهد محملة بالطابع العربي، بالإضافة إلى الاهتمام بشرح الفروق اللغوية بين اللغتين الصينية والعربية، أو شرح اللغة الصينية بصورة مناسبة تثير حماس الدارس في أن يعتمد على نفسه في عقد المقارنة مع اللغة العربية، كما تتناول الدروس اللغتين الصينية والعربية بالشرح المقارن، بما يعتبر من العلامات المميزة لتلك السلسلة. على سبيل المثال: يعتبر ترتيب عناصر الجملة من الأشياء الهامة في دراسة قواعد اللغة الصينية هذا بالإضافة إلى وجود اختلافات جوهرية مع اللغة العربية، ومن هنا أشار الدرس الخامس إلى قواعد ترتيب المسند إليه والمسند داخل الجملة الصينية، وتطرق الدرس العاشر في "ملخص القواعد" إلى الحديث عن الترتيب الأساسي لعناصر الجملة في اللغة الصينية، وفي "ملخص القواعد" بالدرس العشرين عقدت مقارنة مباشرة بين أهم أنماط الجملة في اللغتين الصينية والعربية، أي الجملة التي مسندها فعلا في اللغة الصينية مع الجملة الفعلية في اللغة العربية، وهكذا يتمكن الدارس من التعمق في معرفة الفرق بين ترتيب عناصر الجملة في اللغتين. إن أسلوب المقارنة الذي يظهر أحيانا ويختفي أحيانا أخري، والذي يتدرج من البساطة إلى التعقد من الأساليب المتميزة التي تثير انتباه الدارس بصورة مستمرة.

المقصود بجعل المضمون مقياسا هو اعتبار واقعية الأحداث التي تتناولها النصوص، وجاذبية المضمون ونموذجية اللغة المستخدمة أهم مقياس لتحديد جودة هذه السلسلة. وقد بذلنا مجهودا كبيرا لتحقيق ذلك في هذه المادة الدراسية، فلكي نحقق واقعية الأحداث وجاذبية المضمون لم نقتصر في اختيار مشاهد الدروس على الجامعة فقط، بل تطرقنا إلى أماكن أخري داخل المجتمع، ولم نقتصر على الصين وحدها، بل تطرقنا إلى أماكن عربية، هذا بالإضافة إلى أننا راعينا تحقيق الجمع بين تلك المشاهد في الدرس الواحد وعدم فصلها، فمثلا في الدرس رقم 22، عنوان الحوار رقم 1 " كيف أذهب إلى الهرم"، وعنوان الحوار رقم 2 " أبي سيذهب إلى بكين للتجارة "، أما قطعة المطالعة فعنوانها " بكين ترحب بك ". وحتى نصل إلى لغة نموذجية سلسة سمحنا بعمل بعض التعديلات فيما يتعلق بالقواعد النحوية أثناء كتابة المسودة، حيث وضعنا الاهتمام الأكبر في القواعد الأساسية، وتركنا القواعد الفرعية، بمعنى أننا ركزنا على شرح القواعد الأساسية، أما غيرها من القواعد فقد سمحنا بأن تفسح المجال بصورة مناسبة أمام مضمون النص أو متطلبات اللغة إما بالاستغناء عنها أوإخفائها، أو بتقديمها أو تأخيرها.

رابعا: ابتداء من الجزء الخامس تم تأليف السلسلة بما يتناسب مع احتياجات المستوى المتوسط في دراسة اللغة الصينية، وبذلك تم تغيير مبادئ الكتابة عما سبق بحيث تكون الموضوعات مرشدا، والمضمون مقياسا، على أن يسير العنصر الثقافي والبنية اللغوية في خطين متوازيين يتخللان باقى الأجزاء.

فالموضوعات تشمل مجالات مثل: التعليم، العمل، الصدق والأمانة، العلاقات الإنسانية (المشاعر- الحب)، الحياة العصرية (الموصلات- الاتصالات- الاستهلاك- الترفيه)، حماية البيئة، المرأة العصرية، الثقافة الصينية التقليدية(الأطعمة- المسكن- العادات والتقاليد- الأعياد)، العادات والثقافة الإسلامية. بما يضمن التعبير من مختلف الزوايا عن الملامح الروحية للشعب الصيني وتطور المجتمع داخل الصين، كما يعكس تطور المجتمع العربي وملامح الثقافة عند الشعوب العربية. وقد تم اختيار غالبية المواد من الصحف والمجلات الصينية الحديثة، بحيث تكون ذات موضوعات جديدة وواقعية وممتعة، تجذب الطالب وتحفزه على الدراسة.

أما بالنسبة للبنية اللغوية فقد تم اختيار بعض القواعد النحوية التي سبق شرحها في الأجزاء الأربعة الأولى لتناولها بمزيد من التعمق والتوسع بغرض استكمال عناصر شرحا. وإلى جانب شرح الأنماط الأساسية للجمل وأجزائها المركبة، فإننا أكدنا على التحليل اللغوي والتدريبات بحيث نضمن تدريس الجمل المركبة الموسعة ومجموعات الجمل بصورة مناسبة، لرفع قدرة الطالب على التعبير من خلال مقاطع لغوية مطولة.

خامسا: تحتوي السلسلة على كمية كبيرة من الأسئلة والتدريبات تتناسب مع وقت الدراسة واحتياجات كل درس؛ فمنها ما يتم عمله أثناء المحاضرات، مثل الحديث عن مضمون الصور، وتدريبات التواصل، ومنها ما يتم عمله خارج المحاضرة.

سادسا: تحتوي الدروس من 11- 30 على نصوص للمطالعة بعنوان "الثقافة الصينية"، أما الدروس من 31 -60 فتحتوي على نصوص بعنوان "السياحة في الصين"، وهذه النصوص تقدم باللغة العربية فقط، ويطلع عليها الطالب خارج نطاق المحاضرة.

سابعا: الأجزاء من 1-8 مرفق معها ملاحق لفهارس المفردات والقواعد وشرح التعبيرات، هذا بالإضافة إلى أن الجزأين 1- 2 مرفق معهما فهرس للرموز الصينية وجدول الأجزاء الجانبية للرموز، والأجزاء من 1-4 مرفق معها فهرس للنماذج التطبيقية.

ثامنا: تتكون مجموعة التأليف من ستة أساتذة وأساتذة مساعدين، بالإضافة إلى ثلاثة مدرسين. رئيس التحرير هو الأستاذ الدكتور لي فانغ جييه، ونائب رئيس التحرير هو الأستاذ الدكتور چاي شون رِن، وفيما يلي تفاصيل الأعمال التي قام بها أعضاء اللجنة:

النصوص:

يانغ وي (الأجزاء من 1-6)

سوين بينغ بينغ (الأجزاء من 1- 4، 7-8)

چو ده جون (الأجزاء 5، 6)

چو يينغ جينغ (الأجزاء7، 8)

الشرح والتعليق، والقواعد

لي فانغ جييه (الأجزاء من 1-7)

يانغ وي (الأجزاء من 1-4)

بان تيان (الأجزاء 7، 8)

التدريبات

چو ده جون(الأجزاء من 1-6، 8)

چاي شون (الأجزاء 1، 2)

خوانغ جون خونغ (الأجزاء 7، 8)

معلومات عن الثقافة الصينية، والسياحة في الصين (المسودة الأصلية باللغة الصينية)

چو يينغ جينغ

دليل الأساتذة

تشنغ له له (الأجزاء 1، 2، 4)

بان تيان (الجزء 3)

وقد ساعد السيد يانغ وي في مهام تنقيح السلسلة بكاملها، أما السادة چو ده جون، وتشنغ له له، وخوانغ جون خونغ فقد شاركوا في تصحيح جزء من مسودة السلسلة.

تولى كل من الأستاذ الدكتور هشام موسى المالكي والسيدة الأستاذ الدكتور إسراء عبد السيد حسن من قسم اللغة الصينية بكلية الألسن جامعة عين شمس جمهورية مصر العربية أعمال الترجمة العربية لكامل السلسلة، وأعمال التنقيح لبعض أجزاء الدروس بالمسودة الأولى.

تاسعا: هذه السلسلة من المشروعات الهامة التي أشرف عليها مكتب تعليم اللغة الصينية للأجانب بالصين، والتي نفذتها كلية تعليم الطلاب الأجانب بجامعة ووخان. وقد قام كل من السادة: يانغ مي خوا مديرة مكتب تعليم اللغة الصينية للأجانب ونائبها السيد ياو مينغ باو والسيد سونغ يونغ بو مدير إدارة تأليف المواد الدراسية بمكتب تعليم اللغة الصينية للأجانب بوضع الخطة العامة للسلسلة وتحديد المراحل التنظيمية لتنفيذها. كما قدم كل من السيد سونغ يونغ بو والدكتور ليو بينغ كثيرا من المساعدات والتسهيلات أثناء عملية تأليف السلسلة. كما قدم الأساتذة الخبراء الآتي أسماؤهم العديد من الآراء القيمة حول المسودة الأولى للسلسلة:

الأستاذ الدكتور شى جوانغ خنغ　　جامعة اللغات ببكين

الأستاذ الدكتور لو جيان جيه جامعة اللغات ببكين

الأستاذ الدكتور قوه چه ليانغ جامعة اللغات ببكين

الأستاذ الدكتور چو لي تساي جامعة اللغات ببكين

الأستاذ الدكتور ما يان خوا　　جامعة المعلمين ببكين

الأستاذ المساعد لو تشينغ سونغ　　جامعة الشعب الصيني

الأستاذ المساعد يانغ ده فنغ　　جامعة بكين

الأستاذ الدكتور محسن حسين عبد القادر　　　كلية الألسن – جامعة عين شمس – جمهورية مصر العربية

الأستاذ المساعد هشام موسى المالكي　　　كلية الألسن – جامعة عين شمس – جمهورية مصر العربية

الأستاذ المساعد إسراء عبد السيد حسن　　　كلية الألسن – جامعة عين شمس – جمهورية مصر العربية

لكل هؤلاء منا عميق الشكر ووافر التقدير.

وقد اطلعنا أثناء تأليف السلسلة على عدد من المواد الدراسية لتعليم اللغة الصينية ومؤلفات أساتذتنا الأفاضل، كما استعنا ببعض المقالات التي وردت في تلك المؤلفات، ووضعناها في نصوص الأجزاء الأربعة الأخيرة من السلسلة (بعد إجراء بعض التعديلات الفنية عليها، كما أشرنا إلى مصدر كل مقال). وننتهز هذه الفرصة لنتقدم لكل مؤلفي هذه المواد الدراسية والكتب والمقالات بخالص الشكر والتقدير.

ونتوجه بالشكر أيضا إلى قيادات جامعة ووخان، وقيادات وأساتذة كلية تعليم الطلاب الأجانب بجامعة ووخان، الذين قدموا لنا مساعدات كبيرة لولاها ما استطعنا أن نكمل تلك المهمة.

لقد تحملنا صعوبات كبرى في سبيل إصدار أول سلسلة من المواد الدراسية الموجهة للناطقين باللغة العربية، فقد كانت المهمة شاقة والوقت ضيق، إلا أننا بذلنا كافة الجهود لإخراج المسودة الأولى من السلسلة

فيما يزيد عن سنة، ولم نستطع أن نتجنب بعض أوجه القصور الناتج عن مستوانا الشخصي، ولذلك نتمنى أن يتوجه إلينا الخبراء المهتمين ومن يستخدم هذه السلسلة من الأساتذة والطلاب بتصويباتهم القيمة.

لي فانغ جييه

2004/6/30

جامعة وو خان – الصين

一、课文
أولا: النص

（المشهد: وانغ شياو خوا يأتي إلى علي ليتفق معه على الخروج لشراء بعض الأشياء）

王小华：阿里在吗？

阿里　：谁呀？

王小华：我，王小华。

阿里　：请进，请进……你喝咖啡还是喝茶？

王小华：我要一杯咖啡，谢谢！阿里，下午我要去买东西，你去吗？

阿里　：好啊，我正好想买个录音机，还想买一双运动鞋。你要买
　　　　什么？

王小华：我要买一个闹钟和一台电风扇。

阿里　：我们去车站旁边儿的那个商店吧。那儿东西多，吃的、穿
　　　　的、用的都有，价格也比较便宜。

王小华：好，就去那儿。

阿里　：不过，下午我有事。我们明天去，怎么样？

王小华：行。是我来找你，还是你去找我？

阿里　：我去找你吧，你在宿舍等我。

生　词
المفردات

1. 呀	（助）	yā	كلمة مساعدة
2. 要	（动）	yào	يريد
3. 录音机	（名）	lùyīnjī	جهاز تسجيل
录音	（动、名）	lùyīn	يسجل الصوت- مادة سمعية مسجلة
录	（动）	lù	يسجل
音	（名）	yīn	صوت
4. 运动	（动、名）	yùndòng	يتريض - رياضة
5. 鞋	（名）	xié	حذاء
6. 闹钟	（名）	nàozhōng	منبه
7. 台	（量）	tái	كلمة كمية
8. 电风扇	（名）	diànfēngshàn	مروحة كهربية
9. 车站	（名）	chēzhàn	محطة أتوبيس
10. 那个	（代）	nàge	ذلك
11. 价格	（名）	jiàgé	سعر
12. 比较	（副、动）	bǐjiào	نسبيا - إلى حد ما - يقارن

13.	便宜	（形）	piányi	رخيص الثَّمن
14.	不过	（连）	búguò	إلا أن
15.	还是	（连）	háishi	أَمْ

会 话—Ⅱ
الحوار (2)

(المشهد: لين خونغ وإيمان في محل بيع الملابس)

伊曼 ：林红，这件衣服很好看，你试一下儿吧。

营业员：小姐，您喜欢哪种颜色的？蓝的还是白的？

林　红：有别的颜色吗？

营业员：只有这两种颜色。

林　红：我比较喜欢白的，试一下儿白的吧。

(لين خونغ ترتدي ملابس بيضاء)

林　红：伊曼，你觉得怎么样？好看吗？

伊曼 ：样子很好，不过有点儿大。小姐，有没有小点儿的？

营业员：蓝的有小号的，白的没有。

林　红：您给我拿一件蓝的，我试一下儿。

（لين خونغ ترتدي ملابس زرقاء）

伊曼　：这件很合适。

林　红：我也觉得不错。不过，我更喜欢白的。

营业员：那您过几天再来吧。

林　红：好，谢谢！再见！

营业员：再见！欢迎再来！

生　词

المفردات

1. 试	（动）	shì	يجرب
2. 营业员	（名）	yíngyèyuán	بائع
3. 小姐	（名）	xiǎojiě	آنسة
4. 种	（量）	zhǒng	كلمة كمية
5. 颜色	（名）	yánsè	لون
色	（名）	sè	لون
6. 蓝	（形）	lán	أزرق
7. 白	（形）	bái	أبيض
8. 别的	（代）	biéde	آخر
9. 觉得	（动）	juéde	يشعر بـ
10. 样子	（名）	yàngzi	شكل- هيئة
11. 有（一）点儿	（副）	yǒu (yì) diǎnr	قليلا - إلى حد ما
12. 小号	（形）	xiǎohào	مقاس صغير
13. 拿	（动）	ná	يأخذ
14. 合适	（形）	héshì	مناسب
15. 再	（副）	zài	مرة ثانية - مرة أخرى

阅　读
المطالعات

中国的商店

在中国，很大的商店也叫商场。商场里的东西品种很丰富，有吃的、用的、穿的、玩儿的。

中国还有很多超市，主要卖食品、日用品什么的。超市里很干净，东西也比较便宜，人们常常去那儿买东西。

有的商店专门卖一种东西，有专门卖衣服的，有专门卖食品的。这种商店很多，很方便。

生　词
المفردات

1. 商场	（名）	shāngchǎng	متجر
2. 品种	（名）	pǐnzhǒng	أنواع السلع
3. 丰富	（形、动）	fēngfù	كثير - متنوع - زاد - تنوع
4. 超市	（名）	chāoshì	محل تجاري كبير - مول
5. 主要	（形）	zhǔyào	رئيس
6. 卖	（动）	mài	يبيع
7. 食品	（名）	shípǐn	مأكولات - أطعمة
8. 日用品	（名）	rìyòngpǐn	مستلزمات الحياة اليومية
9. 什么的	（代）	shénmede	إلخ
10. 人们	（名）	rénmen	الناس
11. 专门	（形）	zhuānmén	بصورة خاصة

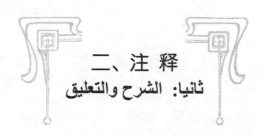

二、注释

ثانيا: الشرح والتعليق

1. 有没有小点儿的

"(一)点儿"用在形容词后表示程度、数量略微增加或减少。例如：

"(一) 点儿" تستخدم بعد الصفات لتدل على أن درجة الصفة أو العدد قليل أو زائد بصورة

طفيفة، مثل:

（1）这件衣服大一点儿，你试一下儿吧。

（2）明天你早点儿来。

（3）礼物少点儿没关系。

2. 那你过几天再来吧

动词"过"后面接时间词语，表示经过某段时间或超过某个时间点，可带动态助词"了"。例如：

الفعل "过" عندما تلحق به كلمة معبرة عن الزمن، يكون معناه بعد مرور وقت ما، أو بعد تجاوز مدة

زمنية معينة، ومن الممكن أن يأتي بعده الكلمة المساعدة "了"، مثل:

（1）我现在很忙，你过几天再来吧。

（2）过了这个月，我打算和妻子（qīzi، الزوجة）去南方旅行。

（3）比赛四点开始，现在刚过两点，体育馆（tǐyùguǎn، صالة ألعاب رياضية）

里已经有很多观众（guānzhòng، مُشاهد- مُتفرج）了。

3. 主要卖食品、日用品什么的

"什么的"用在一个或几个并列成分后面，表示列举没有完。例如：

"什么的" تستخدم بعد أحد الأشياء أو بعض الأشياء المعطوفة لتعبر عن أن الأمثلة المذكورة في

الجملة لم تنته بعد، مثل:

（1）迪娜去商场买了衣服、鞋什么的。

（2）星期天我也很忙，要看书、学习，还要洗衣服、打扫（dǎsǎo，ينظف）

房间什么的。

并列成分不能由指人名词充当，不能说"我喜欢王小华、林红什么的"，可

以说"我喜欢王小华、林红等（děng，الخ）同学"。

"我喜欢王小华、林红什么的" وهذه العبارة لا تستخدم بعد الأسماء، فلا يمكن أن نقول

."我喜欢王小华、林红等同学" بل نقول

三、语法
ثالثا: القواعد

1. 选择问句　　جملة الاستفهام الاختياري

用"（是）……，还是……"连接两种答案，由回答的人任意选择一种，这

种疑问句叫选择问句。有两类：

الاستفهام الاختياري يأتي باستخدام صيغة"……，还是……"（是）"، وفي هذه الصيغة تحتوي
جملة السؤال على اختيارين يقوم الشخص باختيار أحدهما عند الإجابة، وهذا النوع من الجمل الاستفهامية
يأتي بأسلوبين:

1）"还是"前后是名词性成分，"还是"前往往不用逗号。例如：

1) عندما يكون قبل وبعد كلمة "还是" اسم، في هذه الحالة لا يمكن أن نستخدم فاصلة بعد"还是"،

مثل:

（1）他是埃及人还是也门人？

（2）你喝点儿什么？（是）咖啡还是茶？

2）"还是"前后是动词性成分，前后动词可以是相同的，也可以是不同

的，"还是"前往往用逗号断开。例如：

2) عندما يأتي بعد كلمة "还是"عبارة فعلية، في هذه الحالة يمكن للفعل أن يتكرر في العبارتين أو

يختلف ، ودائما ما تستخدم الفاصلة بعد كلمة "还是"، مثل:

（1）妈妈（是）去商店，还是去市场？

（2）今天下午你（是）在家休息，还是去书店买书？

2. "的" 字短语　**عبارة الرمز"的"**

结构助词 "的" 字附在别的词语后面组合而成的短语叫 "的" 字短语。例如：

الكلمة المساعدة "的" عندما تلحق بالكلمات أو العبارات المختلفة، فإن هذا التركيب يسمي عبارة الرمز"的"،　ويأتي هذا النوع من العبارات على حالات مختلفة : " اسم+的　/　ضمير+的　/　صفة+的/ فعل+的"،　مثل :

名+的 ：旁边的　　白颜色的　　阿里的　　哥哥和姐姐的

代+的 ：她的　　　　你的　　　　我们的

形+的 ：白的　　　　大的　　　　小的　　　　漂亮的

动+的 ：吃的　　　　看的　　　　买的　　　　学习的

"的" 字短语指代人或物，具有名词的语法作用，经常用作主语、宾语。例如：

عبارة الرمز"的" تشير إلى الأشخاص أو الأشياء، وتتصف بالصفات النحوية للأسماء، وبذلك يمكن أن تأتي في موقع المسند إليه والمفعول به داخل الجملة، مثل:

（1）今天，卖衣服的没有来。

لم يأت بائع الملابس اليوم.

（2）教汉语的是王老师。

معلم اللغة الصينية هو الأستاذ وانغ.

（3）伊曼喜欢花，特别是白颜色的。

إيمان تحب الزهور، وبخاصة اللون الأبيض.

如果 "的" 字短语作 "是" 的宾语，注意不要丢失 "的"。注意避免下列语病：

إذا أتت عبارة الرمز "的" في موضع مفعول للفعل"是"، يجب الانتباه إلى عدم وجوب حذف الرمز "的"، حتى يمكن تجنب هذا النوع من الأخطاء الشائعة في صياغة الجمل باللغة الصينية، مثل:

✗　这件衣服是新。

✗　伊曼喜欢花儿，特别是白颜色。

四、生成练习

رابعا: مفردات ممتدة

【串词】 سلاسل الكلمات

录音机 —— 电视机　　　　　洗衣机　　　　电话机　　　　照相机

　　　　　飞（fēi）机　　　　手（shǒu）机

　　　　　(طائرة)　　　　　**(تليفون محمول- جوال- موبايل)**

　　　　　收（shōu）音机

　　　　　(جهاز راديو)

营业员 —— 服务（wù）员　　　　　　　　　演（yǎn）员

　　　　　(عامل في محل – عامل في مطعم - نادل)　　**(ممثل)**

　　　　　队（duì）员

　　　　　(لاعب في فريق)

商　场 —— 市（shì）场　　　　操（cāo）场　　　　广（guǎng）场

　　　　　(سوق)　　　　　**(ملعب)**　　　　　**(ميدان)**

　　　　　农（nóng）场　　　考（kǎo）场　　　剧（jù）场

　　　　　(مزرعة)　　　　**(قاعة الفحص)**　　**(مسرح)**

　　　　　会（huì）场　　　战（zhàn）场

　　　　　(قاعة اجتماعات)　**(ساحة المعركة)**

蓝　色 —— 白色　　　　　黑（hēi）色　　　　绿（lù）色

　　　　　(أبيض)　　　　**(أسود)**　　　　　**(أخضر)**

　　　　　红色　　　　　黄（huáng）色　　灰（huī）色

　　　　　(أحمر)　　　　**(أصفر)**　　　　　**(رمادي)**

　　　　　紫（zǐ）色

　　　　　(بنفسجي)

【搭配】الاقتران

一台 + _____

电风扇　　　　　　　　　　　电脑（diànnǎo, حاسوب ـ كمبيوتر）

彩电（cǎidiàn, تليفزيون ملون）　　机器（jīqì, آلة ـ ماكينة）

_____ + 很丰富

品种　　　　　　　　　　　商品（shāngpǐn, سلع تجارية）

知识（zhīshi, معلومات）　　经验（jīngyàn, خبرة）

营养（yíngyǎng, تغذية）

再 + _____

来　　　　去　　　　看看　　　　参加比赛　　　　介绍一下儿

【替换】التباديل

1. 这件衣服有点儿大，有没有　　　小点儿的？

这件衣服	长（cháng, طويل）	短（duǎn, قصير）点儿
这台电冰箱	贵	便宜点儿
这本书	破（pò, ممزق）	新
这双鞋	脏（zāng, قذر）	干净

2. A：你喜欢什么颜色的，白的还是　　　黑的？

绿（lǜ, أخضر）的	灰（huī, رمادي）的
黄（huáng, أصفر）的	蓝的
红（hóng, أحمر）的	紫（zǐ, بنفسجي）的

　　B：我喜欢黑的。

| 灰（huī, رمادي）的 |
| 蓝的 |
| 紫（zǐ, بنفسجي）的 |

3. A：你喝咖啡还是　喝茶？

去银行	去邮局
学习英语	学习汉语
买吃的	买用的
住六楼	住九楼
看电影	看电视

B：我喝咖啡。

去银行
学习英语
买吃的
住六楼
看电影

五、功能示例
خامسا: نماذج تطبيقية

【购物　الشراء】

句例　أمثلة

1. 这件衣服很好看，你试一下儿吧。

2. 您要哪种颜色的？蓝的还是白的？

3. 给我拿一件蓝的吧。

会话　حوار

A：这件衣服样子不错，我可以试一下儿吗？

B：当然可以。您要哪种颜色的？白的还是蓝的？

A：给我拿一件白的吧。

【选择　الاختيار】

句　例　أمثلة

1. 你喝咖啡还是喝茶？

2. 是我来找你，还是你去找我？

会　话　حوار

A：这几天你有时间吗？我们一起去王老师家吧。

B：好啊，明天去还是后天去？

A：明天去，行吗？

B：行。是我去找你，还是你来找我？

A：你来找我吧，我在宿舍等你。

【列举　تعديد الأمثلة】

句　例　أمثلة

这个商店主要卖食品、日用品什么的。

会　话　حوار

A：那个商店主要卖什么？

B：主要卖水果（shuǐguǒ，فاكهة）、蔬菜（shūcài，الخضر）什么的。

【评价　التقييم- التقدير】

句　例　أمثلة

1. 衣服的样子很好，不过有点儿小。

2. 这件很合适。

3. 我也觉得不错。

会　话　حوار

A：你觉得这件衣服怎么样？

B：样子很好，不过有点儿小。

A：这件呢？

B：这件很合适。

A：我也觉得不错，就要这件吧。

六、练 习
سادسا: التدريبات

（一）音节比较　قارن بين نطق المقاطع الصوتية التالية

zhuān—chuān　　　zhāo—chāo　　　lán—nán　　　bái—pái

zhǒng—chǒng　　　ná—lá　　　bǐ—pǐ　　　zhǔ—chǔ

fēng—fāng　　　fàng—fàn　　　shì—xì　　　zài—cài

shāng—shēng　　　chǎng—chěng　　　yào—yòu　　　shàn—shèn

fàng—fèng　　　zhàn—zhèn　　　shāngchǎng—jiāngchǎng

zhǔyào—jǔyào　　　zhuānmén—chuánwén

xiǎojiě—xiǎoxiě　　　fēngfù—fánghù

chāoshì—zhāozhì　　　piányi—biǎnyì

（二）熟读下列短语　اقرأ العبارات التالية

好的　　新的　　蓝的　　白的　　容易的

吃的　　喝的　　玩的　　穿的　　参加的

吃的还是用的　　　大的还是小的　　　女的还是男的

你的还是我的　　　今天还是明天　　　左边还是右边

晴天还是阴天　　　苹果还是香蕉　　　上课还是休息

喝茶还是喝咖啡　　　买东西还是看电影　　　去还是不去

吃还是不吃　　　认识还是不认识　　　好看还是不好看

觉得很好看　　　　觉得很好听　　　　觉得很不错

觉得很有意思　　　觉得不太好　　　　觉得不太难

觉得不好吃　　　　觉得不太合适

（三）选词填空　　املأ الفراغات باستخدام الكلمات التالية

双　　便宜　　件　　还是　　别的　　合适　　再

1. 那 _____ 衣服很 _____。

2. 你弟弟想学英语 _____ 汉语？

3. 他不在，你明天 _____ 来找他吧。

4. 我不喜欢这种颜色的，还有 _____ 吗？

5. 这种鞋很 _____，我要买两 _____。

（四）针对下列词语用选择问句提问

استخدم الكلمات التالية في عمل جملة استفهام اختياري

例：英国人　法国人　　　→　　　你是英国人还是法国人？

1. 超市　商场　　　　　→

2. 衣服　伊曼　林红　　→

3. 星期四　星期五　　　→

4. 图书馆　借书　还书　→

5. 买　录音机　电视机　→

6. 邮局　书店　右边　左边　→

（五）完成会话　أكمل الحوار التالي

1. A：我想买件毛衣，有没有蓝颜色的？

　　B：_____，_____。

　　A：那拿一件白颜色的吧。

2. A：王小华，_____？

　　B：好啊，我正好想买点儿咖啡。你打算买什么？

　　A：_____。

　　B：那家商店有很多鞋，价格也很便宜。

（六）造句　　كون جملا باستخدام الكلمات التالية

1. 不过

2. 什么的

3. 别的

4. 合适

（七）阅读后回答问题　　اقرأ القطعة التالية ثم أجب عن الأسئلة

　　　伊曼想买一件毛衣，但是不知道买什么样的。她知道林红要买一些吃的，就给她打电话，问她想不想一起去。林红说她知道一家商店，那儿吃的、穿的都很多，她很高兴和伊曼一起去。

　　　那家商店里的毛衣真多。有一种蓝颜色的，林红觉得样子很好看。伊曼试了一下儿，也觉得不错，就买了一件。商店里吃的东西也很多，林红买了很多糖和巧克力，还买了一些别的东西。

1. 伊曼想买什么？

2. 伊曼为什么和林红一起去商店？

3. 伊曼买的毛衣是什么颜色的？

4. 林红买了些什么？

（八）看图说话　　تحدث مستعينا بالصور التالية

1.

2.

3.

4.

（九）汉字笔顺练习　تدريبات على ترتيب الخطوط داخل الرموز الصينية

从左到右　من اليسار لليمين

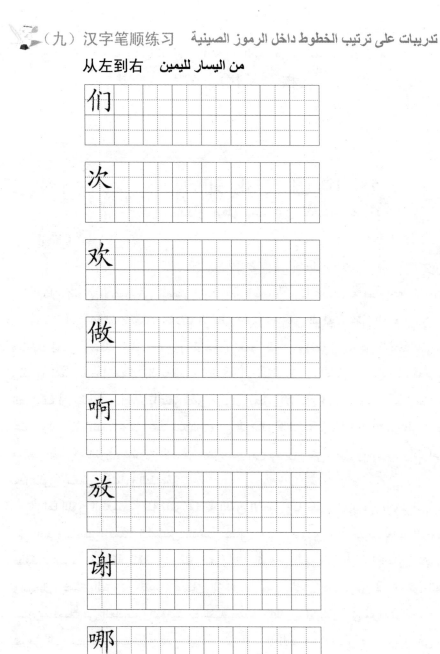

（十）指出下列汉字的形旁和声旁

استخرج الأجزاء المعبرة عن الصورة والأجزاء المعبرة عن الصوت في الرموز التالية

菜 饭 空 楼 住 喝 园 说

七、中国文化知识
سابعا: معلومات عن الثقافة الصينية

汉语颜色的文化含义 الدلالة الثقافية للألوان في اللغة الصينية

كان اللون الأحمر في العصور القديمة الصينية لوناً رفيعاً له احترامه، أما الآن فيرمز إلى الحظ والسعادة. ففي عادات وتقاليد حفلات الزفاف قديما كان من الواجب على العروس أن ترتدي ملابس حمراء وبنطالا أحمرا وكذلك غطاء رأس (طرحة) أحمر اللون، ويحتوي السكن الجديد على لوحات خطية مكتوبة باللون الأحمر تحمل معاني السعادة، بالإضافة إلى منضدة حمراء وسرير ولحاف أحمرين، وكذلك يجب على الضيوف أن يغلفوا هداياهم بأغلفة حمراء. وفى بعض الأماكن كان الصينيون يتناولون حساء الدجاج الأحمر عند مولد طفل جديد، وفى عيد ميلاده. وفي العصور القديمة أيضا كان الإمبراطور الصيني دائماً ما يلبس ملابس صفراء اللون، فاللون الأصفر عند الصينيين يحمل معنى النبل والشرف والكرامة، أما الآن فقد تحمل هذا اللون بمعاني الفشل والدناءة.

أما اللون البنفسجي فله نفس مكانة اللون الأحمر وله نفس القدر من الاحترام. أما اللون الأسود فيرمز إلى الذم والتحقير، فمثلاً الشخص القاسي يطلق عليه الصينيون " أسود القلب "، والأماكن التي يتم فيها صفقات سرية مخالفة للقانون يطلق عليها " السوق السوداء ". أما اللون الأبيض فيرمز إلى النقاء والجمال، فمثلاً العروس تلبس فستان الزفاف أبيض اللون. كما يرمز في بعض المناسبات الخاصة إلى الحزن، فمثلاً في العادات والتقاليد الصينية يستخدم اللون الأبيض في مراسم الجنازات. أما اللون الأخضر فيرمز إلى الحياة والمحافظة على البيئة، مثل قول " الأطعمة الخضراء ". ولكن في اللغة الصينية الحديثة تحمل كلمة " أخضر " أحيانا معنى الذم والتحقير، فمثلاً يقال على الرجل أنه " يلبس قبعة خضراء " إذا كان لزوجته علاقة شائنة بشخص آخر.

第十七课　谁会包饺子

الدرس السابع عشر: من يستطيع عمل الچياوز؟

一、课 文

أولا : النص

会 话—1
الحوار (1)

(المشهد: إيمان ودينا وعلي يزورون الدكتور وانغ، الدكتور وانغ يعلمهم عمل الچياوز)

王老师：谁会包饺子？

伊曼　：我不会，王老师。

迪娜　：真不好意思，我也不会。

王老师：阿里，你呢？

（الجميع يتوجهون بنظرهم إلى علي）

阿里　：你们别看我，我会吃，不会包。

伊曼　：王老师，您能教教我们吗？

王老师：行，我来包一个，你们看看。

（الأستاذ وانغ يقدم لهم عرضً）

阿里　：好像不太难。我来试一试。

（علي يلف وحدة جياوز ذات شكل غريب）

迪娜　：哈哈，这是什么？这是饺子吗？

伊曼　：真难看！

阿里　：你们别笑，这是我包的第一个饺子，当然不太好看。

王老师：难看没关系。我看，阿里包的饺子一定好吃。来，你们也
　　　　试试吧。

生　词			
المفردات			
1. 会	（能愿、动）	huì	يعرف- يقدر على
2. 包	（动）	bāo	يعمل - يصنع - يلف
3. 饺子	（名）	jiǎozi	جياوژ
（أكلة صينية شهيرة عبارة عن فطيرة صغيرة محشوة باللحم المفروم والخضروات تُسَوّى على البخار）			
4. 不好意思		bù hǎoyìsi	أسف – متأسف - لا تؤاخذني
5. 能	（能愿）	néng	يستطيع – في استطاعته - يسمح بـ
6. 好像	（副、动）	hǎoxiàng	شبيه بـ - يشبه
7. 哈哈	（象声）	hāhā	كلمة صوتية تستخدم للتعبير عن الضحك
8. 难看	（形）	nánkàn	قبيح
9. 笑	（动）	xiào	يضحك
10. 一定	（副、形）	yídìng	من المؤكد – أكيد
11. 好吃	（形）	hǎochī	لذيذ الطعم

会 话—II
الحوار (2)

(المشهد: أحمد يتصل بلي فيى ليصلح جهاز الكمبيوتر الخاص به)

艾哈迈德：喂，是李飞吗？我是艾哈迈德。

李　飞　：你好，艾哈迈德。有什么事？

艾哈迈德：不好意思，我的电脑又出了一点儿毛病，你能来看一看吗？

李　飞　：是你家的那台还是你们宿舍的那台？

艾哈迈德：是宿舍的那台旧电脑。

李　飞　：你们那台电脑太老了！买一台新的吧。

艾哈迈德：可是我们没钱啊。

李　飞　：好吧，那我再帮你们看看。

艾哈迈德：谢谢！谢谢！你现在能来吗？

李　飞　：对不起，下午我有课。我晚上来，怎么样？

艾哈迈德：行，太感谢你了！晚上见。

李　飞　：晚上见。

1. 电脑	（名）	diànnǎo	حاسب آلي - كمبيوتر
2. 出	（动）	chū	يظهر به - يحدث له
3. 毛病	（名）	máobing	عطل - عيب
4. 旧	（形）	jiù	قديم
5. 老	（形）	lǎo	قديم - عتيق
6. 可是	（连）	kěshì	لكن - إلا أن
7. 钱	（名）	qián	نُقود
8. 帮	（动）	bāng	يساعد
9. 感谢	（动）	gǎnxiè	يشكر

阅　读
المطالعات

我爷爷

我爷爷今年69岁，身体还是那么好，现在还能游泳呢。

爷爷每天早晨都去公园锻炼身体。他和他的朋友们在公园里见面，一起聊聊天儿、打打太极拳。

爷爷的爱好很多。平时，他喜欢看看报纸，听听收音机。星期天，他常常和朋友们一起喝茶、听京剧，有时候还一起去钓鱼。

晚上我们都在家，和爷爷一起聊天儿，一起看电视。这时候，爷爷最高兴。

生　词
المفردات

1. 爷爷	（名）	yéye	جد (والد الأب)
2. 还是	（副）	háishi	ما زال - رغم ذلك
3. 那么	（代）	nàme	ذلك- هكذا
4. 游泳	（动）	yóuyǒng	يعوم
5. 早晨	（名）	zǎochen	الصباح
6. 锻炼	（动）	duànliàn	يقوم بعمل تمرينات رياضية
7. 太极拳	（名）	tàijíquán	ملاكمة تايچي
8. 爱好	（名、动）	àihào	هواية - يهوى
9. 平时	（名）	píngshí	في المعتاد
10. 报纸	（名）	bàozhǐ	جريدة
11. 收音机	（名）	shōuyīnjī	جهاز راديو
12. 京剧/京戏	（名）	jīngjù/jīngxì	أوبرا بكين
13. 钓	（动）	diào	يصطاد بالصنارة
14. 鱼	（名）	yú	سمك

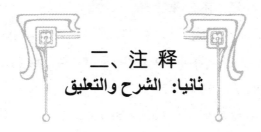

二、注　释
ثانيا: الشرح والتعليق

我看，阿里包的饺子一定好吃

　　这里的"看"是"认为、觉得"的意思，其主语限于"我"（陈述句）和第二人称（问句）。"看"后可以有停顿，后边带动词性或形容词性词语作宾语。例如：

لرمز"看" هنا يعني " يعتقد – يشعر بـ "، والمسند إليه في هذه الجملة ينحصر في الضمير "我" إذا كانت الجملة الخبرية، وفي الضمير "你" إذا كانت الجملة الاستفهامية. ويمكن التوقف أثناء الحديث بعد الفعل"看"عندما يكون المفعول به بعده عبارة فعلية أو عبارة جملية (عبارة مكونة من مسند إليه ومسند):

（1）A：他是北京人吗？

　　　B：我看不是。

（2）我看，阿里很想和我们一起去。

（3）A：你看这孩子怎么样？

　　　B：这孩子一定聪明。

三、语法
ثالثا: القواعد

1. 能愿动词"能"和"会"　"会"و"能" أفعال القدرة والإمكانية

1）"能"表示有能力或有条件做某事。例如：

1) الفعل "能" يعبر عن القدرة على فعل شيء ما أو أن الظروف مهيئة لعمل شيء ما، مثل:

（1）林红能说阿拉伯语。

（2）他身体不好，不能来上课。

"能"还可以表示情理上允许或客观环境许可。例如：

الفعل "能" من الممكن أن يعبر أيضا عن السماح أو عدم السماح بشيء ما، مثل:

（3）您能给我们介绍一下吗？

（4）教室里不能吸烟（xīyān, **يدخن**）。

2）"会"也表示具备某种能力，但"会"指的是对某种专门技能的掌握，这种技能通常需经一定的训练才能获得；"能"则泛指具备某种能力。比较：

2) الفعل"会" يعبر عن التمتع بقدرة معينة، كما يشير إلى التمتع بإمكانات أو حرفية خاصة تم

اكتسابها بعد اجتياز فترة من التدريب، أما "能" فيشير إلى القدرة على شيء ما بصورة عامة، مثل:

（1）我爷爷年纪很大，可是他还能游泳。

（2）我和弟弟都会游泳。

例（1）是说"爷爷"的身体很好，虽然年纪大了，但仍然具备游泳的能力；例（2）则不同，是说"我和弟弟"都掌握了游泳技术。

المثال (1) يعني" أن الجد يتمتع بصحة جيدة، وبالرغم من أنه متقدم في السن، فإنه مازال يتمتع بالقدرة على ممارسة العوم"، أما المثال (2) فعلى العكس من ذلك يعني "أنني وأخي قد أتقنا مهارة العوم بعد فترة من التدريب".

3）"会"还可用来表示可能性。例如：

(3 "会 الفعل" يمكن أن يستخدم أيضا للتعبير عن الإمكانية، مثل:

（1）A：明天他会来吗？

　　　B：他有事，不会来。

（2）我觉得今天晚上一定会下雨。

---

2. 单音节动词重叠　　تكرار الأفعال ذات المقطع الصوتي الواحد

汉语中，动词的重叠形式通常用来表达动作时间短，以及尝试、轻松等意义，多见于口语。单音节动词 A 的重叠形式是"AA"或"A—A"。例如：

يعبر تكرار الأفعال في اللغة الصينية غالبا عن قصر الزمن الذي يستغرقه الفعل، أو أن الفعل يحدث للتجربة أو بصورة خفيفة، وهذا النمط من الأفعال دائما ما يظهر في اللغة الشفوية. فلو رمزنا إلى الأفعال أحادية المقطع بالرمز "A"، نجد أن صيغة التكرار تكون "AA" أو " A—A"، مثل:

（1）我能试一试这件衣服吗？

（2）我不知道这个句子(jùzi，الجملة)对不对，你来看看。

（3）星期天，爷爷喜欢和他的朋友们去茶馆喝喝茶、听听京剧。

如果动词所表示的动作已经发生，重叠形式是"A 了 A"。例如：

إذا كان زمن حدوث الفعل قد انتهى، تكون صيغة التكرار "A 了 A"، مثل:

（4）我试了试那件毛衣，觉得不太合适。

（5）他看了看我，没有说话。

四、生成练习
رابعا: مفردات ممتدة

【串词】 سلاسل الكلمات

难看 —— 难听　　　　　难吃　　　　　　难过

(لايروق للأذن)　　　(طعمه سيء)　　　(حزين - يواجه أياما صعبة- يمر بأزمة)

难闻（wén）　　　　难受（shòu）

(نتن - كريه الرائحة)　　(يشعر بالألم - يشعر بالحزن)

感谢 —— 感激（jī）　　　　　　　感情　　　　　　感想

(يمتن لـ - يعترف بالجميل لـ)　　(مشاعر)　　　　(شعور)

感觉

(انطباعات - ملاحظات)

平时 —— 平常　　　　平等　　　　平凡（fán）　　　平安（ān）

(دائما)　　　(متساو- مساواة)　　(عادي)　　(سلام- سكينة)

【搭配】 الاقتران

出 + _____

毛病　　　　　事　　　　错　　　　问题（wèntí, مشكلة）

事故（shìgù, حادثة）　　　　　成绩（chéngjì, نتيجة）

【替换】 التباديل

1. 我 会　　　　说阿拉伯语。

我	开汽车
很多女同学	跳舞（tiàowǔ, يرقص）
我弟弟	踢足球
王老师	打太极拳
这孩子	游泳

2. A：阿里明天能<u>来上课</u>吗？

> 参加表演
> 和我们一起去看电影
> 来踢足球
> 去钓鱼
> 去游泳

B：他身体不太好，不能<u>来上课</u>。

> 参加表演
> 和我们一起去看电影
> 来踢足球
> 去钓鱼
> 去游泳

3. 这是<u>我</u>　　　　<u>包</u>的　　　　<u>第一个饺子</u>。

林红	买	书
我孩子	画	画儿
我们	昨天去	那家商店
爸爸	很想去	地方
老师们	休息	房间

4. 他<u>每天都</u>　　　<u>去公园锻炼身体</u>。

每星期	给家里写一封信
每年	去上海看爷爷
每星期三	去图书馆借书
每天晚上	在房间里学习
每次	表演这个节目（jiémù，برنامج حفل）

五、功能示例
خامسا: نماذج تطبيقية

【请求】 الرجاء والطلب

句 例 أمثلة

1. 王老师，您能教教我们吗？

2. 我的电脑又出了一点儿毛病，你能来看一看吗？

会 话 حوار

（1）A：王老师，我很喜欢中国歌，您能教教我吗？

　　　B：好啊。

（2）A：我有个问题，你能来一下儿吗？

　　　B：当然可以，我马上来。

【有/无能力】 القدرة أو عدم القدر على شيء ما

句 例 أمثلة

1. 我不会包饺子。

2. 他身体很好，现在还能游泳呢。

会 话 الحوار

　　　A：我们明天和艾哈迈德一起去游泳吧。

　　　B：这几天艾哈迈德身体不好，不能游泳。

　　　A：那我们和王小华一起去吧。

　　　B：可是，他好像不会游泳。

六、练　习
سادسا: التدريبات

（一）熟读下列音节　اقرأ المقاطع الصوتية التالية

bāo—pāo	bāng—pāng	chū—zhū
xiào—jiào	jiē—qiē	tí—dí
gǎn—kǎn	diào—tiào	bāng—bēng
néng—níng	píng—péng	qián—quán
lǎo—lǒu	gǎn—gěn	hǎo—hǒu
nánkàn—lángān	shì jiè—xì liè	duànliàn—tuánlì
bàozhǐ—pàozi	bāngzhù—bānzhú	hǎoxiàng—hòushǎng

（二）熟读下列短语　اقرأ العبارات التالية

能看	能写	能说	能做
能听	能吃		

会包饺子	会开车	会钓鱼	会说汉语
会踢足球	会做中国菜	会写汉字	

看（一）看	写（一）写	说（一）说	做（一）做
听（一）听	打（一）打	吃（一）吃	记（一）记
找（一）找	洗（一）洗	试（一）试	拍（一）拍

看了看	写了写	说了说	打了打
找了找	记了记	拍了拍	听了听
试了试	想了想		

（三）选词填空   املأ الفراغات باستخدام الكلمات التالية

1. 能   会   可以   要

　1）伊曼去了商店，她 _____ 买点儿吃的。

　2）我今天课很多，但是还有时间，_____ 和你去钓鱼。

　3）今天我身体不太好，不 _____ 游泳。

　4）最近我很忙，每天晚上十二点以后才 _____ 休息。

　5）伊曼 _____ 写汉字，一分钟 _____ 写十五个。

2. 难看   一定   马上   好像

　1）你们先（xiān，مقدما）去吧，我 _____ 来。

　2）上次比赛你 _____ 是第一名吧？

　3）今天太冷，_____ 不要去游泳。

　4）我也觉得这种鞋样子很 _____。

　5）你 _____ 要努力学习。

（四）造句   استخدم الكلمات التالية في تكوين جمل

1. 好像

2. 一定

3. 可是

4. 难看

（五）完成会话   أكمل الحوار التالي

1. A：这双鞋我可以试一下儿吗？

　B：_____。

A：有点儿大，有没有小一点儿的？

B：_____。

A：这双不错。我还想试试那种样子的，可以吗？

B：_____。

2. A：阿里，你会游泳吗？

B：_____。

A：你能教教我吗？

B：_____。不过_____，明天再教你吧。

A：_____。

（六）翻译下列句子　　ترجم الجمل التالية

1. 伊曼会写汉字。

2. 你要试一试这双鞋吗？

3. 明天我不能去上课。

4. 我看了看那本书，觉得不错。

（七）两人一组，进行问答练习

كون حوارات حول الموضوعات التالية (كل طالبين في مجموعة)

1. 你会说汉语吗？

2. 你会写汉字吗？汉字难不难？

3. 你会开车吗？

4. 你会游泳吗？

5. 你会做菜吗？

6. 你会不会说英语？

7. 今天你能做饭吗？

8. 你一分钟能写多少个汉字?

 （八）看图说话　تحدث مستعينا بالصور التالية

（九）汉字笔顺练习　تدريبات على ترتيب الخطوط داخل الرموز الصينية

从上到下　من أسفل لأعلى

兴

气

舍

亮

复

草

旁

算

爱

（十）指出下列汉字的形旁和声旁

استخرج الأجزاء المعبرة عن الصورة والأجزاء المعبرة عن الصوت في الرموز التالية

银 漂 湖 花 妈 机 喂 远

七、中国文化知识
سابعا: معلومات عن الثقافة الصينية

京剧   أوبرا بكين

أوبرا بكين هي إحدى الفنون التقليدية الصينية، والتي يصل عمرها إلى مائتي عام، فمنذ قديم الأزل امتص هذا الفن خلاصة الآداب المسرحية لأماكن مختلفة، وجمع بين كل من عادات وتقاليد بكين ولغتها، وبمرور الوقت أصبح فناً مسرحياً له طابع فني خاص.

تنقسم الأدوار في أوبرا بكين إلى الأدوار الرجالية والأدوار النسائية وأدوار الشخصيات ذات الوجوه المطلية والمهرجين. أما الأدوار الرجالية فهي تمثل الشباب والعجائز. والأدوار النسائية تتضمن أدوار الفلاحة الشابة والفتيات المتزينات والسيدات الشجعان والعجائز وغيرهن؛ أما دور الفلاحة الشابة فتمثله سيدة لطيفة في عمر يتراوح بين السادسة عشر والأربعين، ودور الفتيات المتزينات تمثله فتيات أو سيدات صغيرات في السن يتمتعن بالحيوية والنشاط، ودور السيدات القويات يمثلون فيه اشتباك السيدات مع بعضهن. أما دور العجوز فتمثله سيدة كبيرة في السن. أما دور الشخصيات ذات الوجوه المطلية فيشير إلى الوجوه الملونة، وهو دور تستخدم فيه جميع الألوان لرسم ملامح الوجه. أما دور المهرج فيسمى ذو الثلاثة أوجه الملونة وهو دور لشخصية متفائلة ومضحكة للغاية.

وأوبرا بكين تحتوى على العديد من أنواع الفنون المسرحية من غناء وإلقاء وتمثيل وصراع. فالغناء معظمه من الجمل التوكيدية ذات السبعة رموز والعشر رموز، أما الإلقاء فيتسم بالوضوح مع تفخيم وتنغيم الصوت، أما التمثيل فيشير إلى المهارة في ممارسة هذا الفن، حيث استطاعت أوبرا بكين أن تحول فنون القتال إلى مهارات استعراضية تمثيلية، وأخيرا الصراع أو القتال التمثيلي الغني بالحركات المنضبطة القوية.

第十八课　这种药一天吃三次
الدرس الثامن عشر: هذا الدواء يؤخذ ثلاث مرات يوميا

一、课 文
أولا: النص

会 话—1
الحوار (1)

(المشهد: علي يشعر بتعب ويذهب إلى المستشفى للفحص)

医生：你哪儿不舒服？

阿里：我头疼，嗓子也不太舒服。

医生：我看看……嗓子有点儿红。咳嗽吗？

阿里：不咳嗽。

医生：发烧吗？

阿里：昨天晚上睡觉的时候有点儿发烧。

医生：来，量一下体温。

（الطبيب ينظر إلى الترمومتر بعد ثلاث دقائق）

医生：不发烧。

阿里：是感冒吗？

医生：对，你感冒了，不过问题不大。我给你开点儿药。

阿里：这种药怎么吃？

医生：一天吃三次，一次吃一片，饭前吃。

阿里：好，谢谢。

生　词
المفردات

1.	药	（名）	yào	دواء
2.	舒服	（形）	shūfu	مريح - مرتاح
3.	头	（名）	tóu	رأس
4.	疼	（形）	téng	مؤلم
5.	嗓子	（名）	sǎngzi	حنجرة
6.	红	（形）	hóng	أحمر
7.	咳嗽	（动）	késou	يَسْعل
8.	发烧	（动）	fāshāo	ارتفاع درجة حرارة الجسم- حمى
9.	睡觉	（动）	shuìjiào	ينام
	睡	（动）	shuì	ينام
10.	量	（动）	liáng	يقيس
11.	体温	（名）	tǐwēn	درجة حرارة الجسم
12.	感冒	（名、动）	gǎnmào	أنفلونزا
13.	问题	（名）	wèntí	مشكلة - أمر - سؤال
14.	开（药）	（动）	kāi（yào）	يكتب وصفة دواء (يكتب روشتة)
15.	怎么	（代）	zěnme	كيف

16. 片	（量、名）	piàn	كلمة كمية – قرص دواء
17. 前	（名）	qián	قبل

会 话 — II
（2）الحوار

(المشهد: علي لم يحضر محاضرة فترة بعد الظهر بسبب إصابته بالأنفلونزا)

艾哈迈德：下午你怎么没来上课？

阿里　　：我有点儿感冒，去医院开了点儿药。

艾哈迈德：药吃了吗？

阿里　　：吃了。

艾哈迈德：你现在身体怎么样？

阿里　　：感觉还好，谢谢。今天老师留了什么作业？

艾哈迈德：作业不多，只做课文后面的练习。王老师希望我们多念
　　　　　几遍课文和生词。

阿里　　：上次王老师说有个小考试，考了吗？

艾哈迈德：没有考。他说这个星期四考。

阿里　　　：我还有几个问题呢。

艾哈迈德　：是什么问题？可能我可以帮助你。

阿里　　　：那太好了！

生　词
المفردات

1. 感觉	（名、动）	gǎnjué	شعور - يشعر
2. 留	（动）	liú	يبقى - يترك
3. 作业	（名）	zuòyè	واجب
4. 后面	（名）	hòumian	خلف
5. 练习	（名、动）	liànxí	تدريبات - بتدرب
6. 念	（动）	niàn	يقرأ
7. 遍	（量）	biàn	كلمة كمية
8. 考试	（名、动）	kǎoshì	امتحان - اختبار - يمتحن - يختبر
9. 考	（动）	kǎo	يمتحن - يختبر
10. 帮助	（动）	bāngzhù	يساعد

阅　读
المطالعات

中医真了不起

一天下午，阿里和同学们踢了一场足球。晚上，他觉得腿很疼。第二天，他去医院做了检查，开了很多药。可是，一个星期以后，阿里的腿还没有好。

王小华认识一位中医大夫，他建议阿里去看一看中医。阿里也听说中医的效果不错，能治很多病，所以决定去试试。

阿里只去看了一回，吃了一点儿中药，效果非常好。他对王小华说："中医真了不起！"

生　词
المفردات

1. 中医	（名）	zhōngyī	الطب الصيني
2. 了不起	（形）	liǎobuqǐ	رائع - مدهش
3. 场	（量）	chǎng	كلمة كمية
4. 腿	（名）	tuǐ	ساق
5. 检查	（名、动）	jiǎnchá	فحص - يفحص
6. 大夫	（名）	dàifu	طبيب
7. 建议	（动、名）	jiànyì	يقترح - اقتراح
8. 效果	（名）	xiàoguǒ	نتيجة - أثر
9. 治	（动）	zhì	يطبب - يعالج - يداوي
10. 病	（名、动）	bìng	مرض - يمرض
11. 回	（量）	huí	كلمة كمية
12. 中药	（名）	zhōngyào	الدواء الصيني

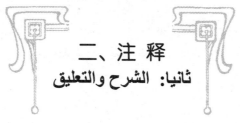

二、注 释
ثانيا: الشرح والتعليق

1. 一天吃三次，一次吃一片

　　这句话的意思是：每天吃三次，每次吃一片。同类例子有：

معنى هذه الجملة أن هذا الدواء يؤخذ ثلاث مرات يوميا، في كل مرة ثلاث حبات، وهناك أمثلة أخرى على غرار هذه الجملة:

　　一星期三十节课（＝每个星期有三十节课）

一次课一百分钟

一个人送一件礼物

两个人住一个房间（＝每两个人住一个房间）

2. 饭前吃

"前"和"后"可以附在名词、动词、数量短语等的后面，表示时间，如"饭前"是吃饭之前的意思。再如：饭后、比赛前、复习后、四岁前。

كلمتا "前" و"后" تأتيان بعد الأسماء والأفعال أو عبارات العدد والكلمة الكمية للإشارة إلى ظرف الزمان في اللغة الصينية، مثل: "前饭" بمعنى "قبل الأكل"، وأيضا:"饭后 比赛前 复习后 四岁前"، بمعنى " بعد الأكل، قبل المباراة، بعد مراجعة الدروس، قبل سن أربع سنوات".

3. 下午你怎么没来上课

这句话里的"怎么"询问原因，语气比"为什么"缓和，多用于口语。会话 I 中的"这种药怎么吃"，"怎么"则是询问方式。

كلمة "怎么" في هذه الجملة تستخدم للسؤال عن السبب، ولهجتها ألطف من لهجة"为什么"، ولذلك يكثر استخدامها في اللغة الشفهية. إلا أن هذه الكلمة عندما وردت في جملة "这种药怎么吃" في الحوار(1) كان معناها يدل على أسلوب من أساليب الاستفهام في اللغة الصينية.

4. 感觉还好

"还"在这里表示与期望的标准有一定距离，但勉强过得去。又如：

"还" هنا تعني أن الأمر لم يصل بعد إلى ما يصبو إليه المتحدث، إلا أنه يقبل الوضع على حالته.

（1）A：你觉得这件衣服好看吗？

　　　B：还行。

（2）A：他的口语怎么样？

　　　B：还不错。

三、语法
ثالثا: القواعد

1. 动量补语　المكمل المبين لعدد مرات حدوث الفعل

汉语动词或形容词后的补充说明成分叫补语。动量补语表示动作、行为进行的次数，由动量词"次"、"回"、"遍"、"下"等充当。例如：

عنصر الجملة الصينية الذي يأتي بعد الفعل أو الصفة ليكمل معناهما يسمى المكمل، والمكمل المبين لعدد مرات حدوث الفعل هو أحد أنواع المكملات في اللغة الصينية، ويتكون بوضع الكلمات المعبرة عن المرة مثل "次" و "回" و "遍" و "下" بعد الفعل، مثل:

（1）他去了两次。

（2）课文看了几遍。

（3）你来一下儿吧。

动词后可以同时出现动量补语和宾语，当宾语表示一般事物时，位于动量补语后。例如：

الفعل في الجملة الصينية يمكن أن يتبعه مفعول به ومكمل مبين لعدد مرات حدوث الفعل في نفس الوقت، ويكون موقع المفعول به بعد المكمل عندما يكون مُعبّرا عن أشياء عادية، مثل:

（4）我想用一下儿你的电话，可以吗？

（5）你要多念几遍生词。

（6）伊曼吃了几回中国菜，觉得很好吃。

当宾语表示人或地名时，可以位于补语前，也可以位于补语后。例如：

أماعندما يعبر المفعول به عن أشخاص أو ظرف مكان فيجوز أن يقع قبل أو بعد المكمل، مثل:

（7）艾哈迈德昨天找了阿里两次，阿里都不在。
　　　艾哈迈德昨天找了两次阿里，阿里都不在。

（8）王老师今年去了也门一回。
　　　王老师今年去了一回也门。

不过，当宾语是人称代词时，一定要放在补语前。例如：

وعندما يكون المفعول به ضميرا، يجب أن يقع قبل المكمل، مثل:

（9）王老师教了<u>我</u><u>两遍</u>，我还是不会。

（10）你去问<u>他</u><u>一下儿</u>，他可能知道。

2. 意义上的被动句   جملة البناء للمجهول من حيث المعنى

主语是动作行为对象的句子叫被动句。没有被动标志的被动句叫意义上的被动句。例如：

جملة البناء للمجهول في اللغة الصينية هي التي يكون فيها المسند إليه متلقي لتأثير الفعل. وعندما لا تحتوي الجملة على علامة البناء للمجهول تسمى "جملة البناء للمجهول من حيث المعنى"، مثل:

（1）感冒药怎么吃？

（2）这课练习要做。

（3）爸爸的身体检查了一次。

（4）妈妈的信看了两遍。

谓语动词前后得有其他成分，如状语"怎么"，能愿动词"要"，补语"一次"、"几遍"等。

الفعل في هذا النوع من الجمل يمكن أن يسبق أو يلحق بعناصر أخرى، مثل كلمة الحال"怎么"، أوفعل الرغبة"要" ، أو المكمل "几遍" أو"一次" إلخ.

汉语意义上的被动句由语序决定，动作行为的对象放在谓语动词前就成了被动句；动作行为的主体也可以补出来。比较：

يُحَدَد هذا النوع من جمل البناء للمجهول في اللغة الصينية من خلال ترتيب عناصر الجملة، فعندما يتصدر المستهدف من حركة الفعل الجملة، فإنها تتحول إلى صيغة البناء للمجهول، وفي هذه الحالة يجوز أن تستكمل الجملة بالقائم بالفعل، قارن مايلي:

被动句 جملة بناء للمجهول	主动句 جملة بناء للمعلوم
感冒药（我）怎么吃？	（我）怎么吃感冒药？
妈妈的信（弟弟）读了两遍。	（弟弟）读了两遍妈妈的信。

阿拉伯语的被动式由被动式动词决定，动作行为的主体不出现。客体宾语改读主格，放在谓语动词之后。比较：

أما في اللغة العربية فتتحدد صيغة البناء للمجهول بناءً على تصريف الفعل بصيغة المبني للمجهول وإخفاء الفاعل الحقيقي للفعل، وتحويل المفعول به من حالة النصب إلى حالة الرفع.

المبني للمجهول 被动式	المبني للمعلوم 主动式
أُكِلَت التفاحةُ	أكلَ عليٌّ التفاحةَ

四、生成练习
رابعا: مفردات ممتدة

【串词】 [سلاسل الكلمات]

建议 ——	提（tí）议	倡（chàng）议	会议	决议
	(يطرح اقتراحا)	(يحبذ)	(مؤتمر)	(قرار)
	协（xié）议	抗（kàng）议	商议	
	(اتفاقية)	(يحتج- يعترض)	(تباحث – تناقش)	

中医 ——	中药	中国	中文	中餐（cān）
				(وجبة الغداء)
	中华（huá）	中式（shì）		
	(الصين)	(صيني - طراز صيني)		

效果 ——	效率（lǜ）	效益（yì）	成（chéng）效
	(فاعلية)	(فائدة)	(نتيجة العمل- ثمرة العمل)
	见效		成果
	(أدى إلى النتائج المطلوبة)		(مكاسب)
	后果	结（jié）果	
	(عاقبة)	(نتيجة)	

【搭配 الاقتران】

怎么 + _____

　　吃　　写　　　联系（liánxì，**يتصل**）　　安排（ānpái，**يرتب- يجهز**）

还 + _____

　　好　　行　　可以　　　不错　　　比较聪明（cōngming，**ذكي إلى حد ما**）

【替换 التباديل】

1. A：你哪儿不舒服？

他
阿里
伊曼的哥哥
王老师

　　B：我　　　头疼。

他	嗓子不舒服
阿里	总是咳嗽
伊曼的哥哥	腿疼
王老师	有点儿发烧

2. 这种药一天吃　　三次。

生词	写	五遍
课文	复习	两遍
电话	打	很多次
饭	吃	三顿（dùn，**وجبة**）

五、功能示例
خامسا: نماذج تطبيقية

【看病　زيارة الطبيب】

句例 أمثلة

1. 你哪儿不舒服？

2. 发烧吗？

3. 一天吃三次，一次吃一片，饭前吃。

会话 حوار

　　A：你哪儿不舒服？

　　B：我头疼，嗓子也不太舒服。

　　A：发烧吗？

　　B：有点儿发烧。

　　A：你感冒了，吃点儿药吧。

　　B：这药怎么吃？

　　A：这药一天吃三次，一次吃一片，饭前吃。

六、练习
سادسا: التدريبات

（一）熟读下列音节　اقرأ المقاطع الصوتية التالية

kāi—gāi	kǎo—gǎo	tuǐ—huǐ	bìng—pìn
zhì—chì	piàn—biàn	niàn—jiàn	biàn—piàn

téng—tíng   tóu—táo   yào—yòu   gǎn—gěn

zěn—zǎn   wàng—wèng   shūfu—xūfú

zhōngyī—chōngjūn   shēngcí—chéngchí   késou—gédòu

shuìjiào—xūyào   zuòyè—cuòwèi   dàifu—tàigǔ

jiànyì—qiànyì   jiǎnchá—qiǎncháng   xiàoguǒ—shàosuǒ

sǎngzi—sǎozi   gǎnmào—gǎngshào   kǎoshì—kǒushì

liànxí—liánxì

（二）熟读下列短语　　اقرأ العبارات التالية

念课文	不念课文	念了两遍课文	没念课文
写生词	不写生词	写了一遍生词	没写生词
看病	不看病	看了几回病	没看病
开电视机	不开电视机	开了一下儿电视机	没开电视机
去突尼斯	不去突尼斯	去了一回突尼斯	没去突尼斯
吃药	不吃药	吃了几片药	没吃药
踢足球	不踢足球	踢了一场足球	没踢足球
包饺子	不包饺子	包了几个饺子	没包饺子
检查作业	不检查作业	检查了几本作业	没检查作业

（三）选词填空　　املأ الفراغات باستخدام الكلمات التالية

回　　　　遍　　　　打算　　　　特别　　　　场

1. 昨天下午我看了一 _____ 足球比赛。

2. 你看了几 _____ 课文？

3. 你 _____ 什么时候去中国？

4. 这双鞋的样子 _____ 好看，但是我不喜欢这种颜色。

5. 他是什么病？怎么看了三 _____ 还没好？

（四）把下列句子改成意义上的被动句

حول الجمل التالية إلى صيغة المبني للمجهول من حيث المعنى

例：怎么吃感冒药？

　　　——→　感冒药怎么吃？

1. 吃了两片感冒药。

2. 别买太多巧克力。

3. 少喝点儿咖啡。

4. 要写这课生词

（五）翻译下列句子　　ترجم الجمل التالية

1. 这种药一天吃三次。

2. 那课的练习要做一下。

3. 能听听这盒音乐磁带吗？

4. 要翻译这封信。

（六）阅读后回答问题　　اقرأ النص التالي ثم أجب عن الأسئلة

　　阿里感冒了，咳嗽，嗓子疼，还有点儿发烧。大家都说，快去医院看看医生吧。但是阿里说，明天上午就有口语考试，他还要复习课文、练习会话呢。他打算自己买点儿感冒药吃吃，考试以后再去医院。

　　王小华有治感冒的中药，效果不错，他送了一点儿给阿里。第二天下午，阿里去了王小华的宿舍，他对王小华说："你给的药真是太好了！我现在已经好了。"王小华问他考试怎么样，他说："考试很顺利（shùnlì, بلا أي عائق），太感谢你了！"

1. 阿里怎么了？

2. 阿里去医院了吗？为什么？

3. 阿里吃药了吗？谁给的药？

4. 阿里的考试怎么样？

（七）看图说话　تحدث مستعينا بالصور التالية

（八）交际练习　　تدريبات على التواصل اللغوي

两人一组，一个同学是大夫，一个同学是病人，模仿课文会话 I
进行练习。

يقوم الطلاب بتكوين مجموعات ثنائية، يقوم طالب من كل مجموعة بتمثيل دور الطالب،

والآخر يمثل دور المريض، ويتدربون بتقليد الحوار (1) .

（九）汉字笔顺练习　　تدريبات على ترتيب الخطوط داخل الرموز الصينية

从外到里　　من الخارج إلى الداخل

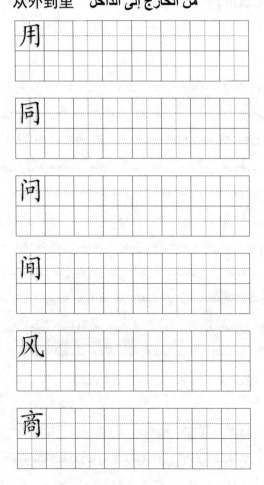

 （十）指出下列汉字的形旁和声旁

استخرج الأجزاء المعبرة عن الصورة والأجزاء المعبرة عن الصوت في الرموز التالية

磁　忘　盒　房　物　糕　拍　架

七、中国文化知识
سابعا: معلومات عن الثقافة الصينية

 中医　الطب الصيني

الطب الصيني علم له تاريخ عريق، فهو أحد أهم علوم الطب والدواء الأكثر تفردا على مستوى العالم.

والطرق الأساسية لتشخيص المرض في الطب الصيني هي " النظر، والسمع، والاستفسار، والمطابقة"، فمثلاً يكون النظر عن طريق ملاحظة وجه المريض ولونه، ويكون الاستماع عن طريق سماع صوت المريض، والاستفسار يكون عن طريق سؤال المريض عن حالته، ثم قياس النبض لمطابقة تلك النتائج، وفى النهاية يتم تشخيص المرض تبعاً لكل ذلك. ويهتم الطب الصيني بجسد الإنسان ومدى توازن السالب والموجب بداخله، فهذا العلم يعتقد أنه إذا مرض جزء من جسم الإنسان، فإن ذلك سيكون له أثر على الجسم بأكمله، فإذا مرض الجزء الداخلي من الجسم أثر ذلك على الجزء الخارجي منه، وإذا مرض الجزء الخارجي فإن ذلك المرض يتوغل إلى الجزء الداخلي من الجسم، ويقال أن علم السالب والموجب هو أحد الفلسفات الصينية القديمة، ويعتقد هذا العلم أن كل المخلوقات الموجودة في العالم لها جانبين، أحدهما سلبي والآخر إيجابي، فمثلاً السماء موجبة والأرض سالبة، الرجل موجب والمرأة سالبة، بطن الإنسان سالبة وظهره إيجابي. فالطب الصيني يعتقد أنه عندما يتوازن السالب والموجب داخل الجسم يكون الإنسان صحيحَ البدن، أما إذا اختل هذا التوازن فإن الإنسان يصاب بالمرض، وعلى هذا فإن الأسلوب الأساس للعلاج في الطب الصيني هو إعادة التوازن للسالب والموجب.

أما الدواء الصيني فهو المواد الدوائية التي يلجأ إليها الطب الصيني، فهناك أدوية نباتية وأخرى معدنية وثالثة حيوانية، أما الأدوية النباتية فهي الأكثر استعمالاً. والهدف من تناول الدواء هو إعادة التوازن داخل جسم الإنسان، فمثلاً عند الإصابة بالحمى تؤخذ الأدوية المضادة لارتفاع درجة الحرارة، وعند الإصابة بالبرد تؤخذ الأدوية المضادة للبرد.

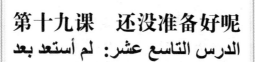

第十九课　还没准备好呢
الدرس التاسع عشر: لم أستعد بعد

一、课文
أولا: النص

会 话一
الحوار (1)

(المشهد: في نهاية الأسبوع، الساعة الثانية عشرة مساءً،علي يراجع دروسه في المنزل وأمه تطلب منه أن
يستريح)

妈妈：阿里，作业做完了吗？睡觉吧，别太累了。

阿里：作业已经做完了，可是明天有考试，我还没准备好呢。

妈妈：明天？明天是星期五。

阿里：哦，我说错了，是后天。

妈妈：后天才考试，还有一天的时间，快睡吧。

阿里：一天的时间不够。妈，您先睡吧。

妈妈：你呀，平时不努力学习，现在才着急。

阿里：哪儿啊！我平时也很努力，您可以去问艾哈迈德。

妈妈：好，好，我相信你。

阿里：妈，我有点儿饿，想吃点儿东西。

妈妈：好，我去拿……这孩子！

生　词
المفردات

1. 准备	（动）	zhǔnbèi	يستعد
2. 完	（动）	wán	ينتهي
3. 累	（形、动）	lèi	متعب - يتعب
4. 已经	（副）	yǐjing	بالفعل
5. 哦	（叹）	ò	كلمة تعجب
6. 错	（形）	cuò	خطأ
7. 才	（副）	cái	كلمة ظرفية
8. 快	（副）	kuài	أسرع- بسرعة
9. 够	（动）	gòu	يكفي
10. 先	（副）	xiān	في البداية
11. 着急	（形）	zháojí	متسرع - متعجل
12. 相信	（动）	xiāngxìn	يصدق
13. 饿	（形、动）	è	جوعان - يجوع

会 话—II
الحوار（2）

（المشهد: علي يبحث عن شيء في حجرته）

艾哈迈德：阿里，你找什么呢？

阿里　　：你看见我的笔记本了吗？我又不知道放哪儿了。

艾哈迈德：上午好像在桌子上。

阿里　　：我知道，可是现在呢？

艾哈迈德：想一想，你今天去了哪些地方？带了笔记本没有？

阿里　　：上午上课时，一个问题没听懂，下午我去王小华那儿问
　　　　　了一下，然后就回宿舍了……对，可能在王小华那儿。

（هناك من يطرق الباب، علي يفتح الباب فيجد شياو وانغ أمامه）

王小华　：阿里，你丢东西了没有？

阿里　　：……啊，我的笔记本一定在你这儿，太好了！

王小华　：是不是这个？

阿里　　：就是这个，谢谢！你怎么知道这是我的？

王小华　：我翻了一下，第一页上有你的名字。

阿里　　：你没有看别的内容吧？

王小华　：放心，我没看。

生　词
المفردات

1. 笔记	（名）	bǐ jì	مذكرات
2. 放	（动）	fàng	يضع - يترك
3. 想	（动）	xiǎng	يفكر
4. 哪些	（代）	nǎxiē	تلك - أولئك
5. 懂	（动）	dǒng	يفهم
6. 然后	（连）	ránhòu	ثم
7. 回	（动）	huí	يعود
8. 丢	（动）	diū	يفقد
9. 翻	（动）	fān	يقلب
10. 页	（量）	yè	كلمة كمية
11. 内容	（名）	nèiróng	مضمون - مُحتوى
12. 放心	（动）	fàngxīn	يطمئن

阅　读
المطالعات

一个打错了的电话

　　来埃及以前，李飞在中国的一所大学学习计算机专业，他常常帮别人修电脑。

　　一天，李飞要给他的一个朋友打电话。第一次，电话没打通。第二次，电话打通了，可是，接电话的是隔壁的女孩子。李飞知道自己拨错了号码，很不好意思。

　　"没关系，我正好要给你打电话。"女孩子说，"我的电脑出了问题，你能不能帮我修一下？"

　　"当然可以，我马上来。"李飞说。

生　词 MeP المفردات				
1. 以前	（名）	yǐqián	من قبل
2. 所	（量）	suǒ	كلمة كمية
3. 大学	（名）	dàxué	جامعة
4. 计算机	（名）	jìsuànjī	حاسب آلي
5. 专业	（名）	zhuānyè	تخصص
6. 别人	（代）	biérén	آخرون
7. 修	（动）	xiū	يصلح
8. 通	（动）	tōng	يفتح – يتصل- مفتوح – متصل
9. 接	（动）	jiē	يستقبل
10. 隔壁	（名）	gébì	مجاور
11. 拨	（动）	bō	يدير قرص الهاتف

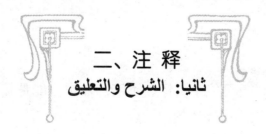

二、注释
ثانيا: الشرح والتعليق

1. 别太累了

　　"别……了"用于口语，表示劝阻、禁止，有时含有安慰的意思。例如：

تستخدم صيغة"别 ......" في اللغة الشفهية، وتفيد معنى النصح بعدم فعل شيء ما أو النهي عنه،

وأحيانا تحمل هذه الصيغة معنى المواساة، مثل:

（1）见面的地方别太远了，我这里的交通（jiāotōng, **مواصلات**）不方便。

（2）上课了，大家别说话了。

（3）今天你身体不好，别去上课了。

（4）别伤心（shāngxīn, **حزين**）了。

2. 后天才考试

"才"在这里表示事情发生得晚、慢，也可以表示事情不容易做，或者进行得不顺利。例如：

"才" هنا تفيد أن الحدث قد تم متأخرًا أو بطيئا، وقد تفيد بأن الحدث ليس سهلا أو أنه قد تم بعد عدة محاولات فاشلة، مثل:

（1）昨天阿里很忙，很晚才回家。

（2）他到了学校以后才知道这件事。

（3）这个汉字有点儿难，我写了很多遍才学会。

（4）你家的电话有问题吧？我拨了四次才拨通。

3. 这孩子

"这/那+名词"独立成句，根据语境和上下文的不同，可以表达不同的语气。例如：

صيغة **"这/那+名词"** عندما تستقل في صورة جملة فإنها تعبرعن لهجات مختلفة طبقا للسياق الذي وردت فيه، مثل:

（1）这衣服！

（2）这书！

这两句话表达的语气可能是责怪、不满意，也可能是赞叹。课文中"这孩子"表达的是一种轻微的责怪语气。

هاتان الجملتان تحملان لهجة اللوم أو عدم الرضا، وقد تحملان معنى التعجب. وعبارة **"这孩子"** التي وردت في النص تحمل معنى اللوم الخفيف.

三、语法
ثالثا: القواعد

1. 结果补语　المكمل المبين للنتيجة

　　"完、见、开、通、懂" 等动词和 "好、对、错、干净" 等形容词都可以放在动词后边作结果补语，表示动作的结果。例如：

الأفعال "懂、通、开、见、完" وغيرها، يمكن أن يتبعها صفات مثل:"干净、错、对、好" وغيرها للتعبير عن نتيجة الفعل، مثل:

（1）你记错了，我的电话号码是5764333，不是5964333。

（2）衣服都洗干净了。

（3）电脑修好了吗?

　　否定的形式是 "没（有）+动+结果补语"，补语后边不能有 "了"。例如：

صيغة النفي لهذا النوع من المكملات هي "没（有）+动+结果补语"، وفي هذه الحالة لا يمكن أن تأتي الكلمة المساعدة "了" بعد المكمل، مثل:

（4）我没看见你说的那个人。

（5）阿里没有看懂新课文。

　　常用的正反问句形式是 "……了没有"。例如：

يكون الاستفهام بأسلوب الإثبات والنفي لهذا المكمل باستخدام صيغة "……了没有"، مثل:

（6）门打开了没有?

（7）练习做完了没有?

2. 语气助词　"了"（2）الكلمة المساعدة للهجة

　　语气助词 "了" 用在句尾，还可以表示某个事情或动作已经发生或完成。例如：

تستخدم الكلمة المساعدة "了" في نهاية الجملة، وتعبر عن أن شيئا ما أوأن فعلا ما قد حدث أو انتهى بالفعل، مثل:

（1）明天你去哪儿？ (لم يحدث بعد)

　　　昨天你去哪儿了？ (حدث بالفعل)

（2）明天我去商店买衣服。(لم يحدث بعد)

　　　昨天我去商店买衣服了。(حدث بالفعل)

（3）我写汉字。(لم ينته بعد)

（4）我写完汉字了。(انتهى بالفعل)

否定形式是在动词前加"没（有）"，句尾不用"了"。例如：

تكون صيغة النفي عن طريق وضع " 没（有）" قبل الفعل، وحذف " 了" من نهاية الجملة. مثل:

（5）我昨天不舒服，没去上课。

（6）上个星期天我很忙，没有和他见面。

常用的正反问句形式是"……了没有"。例如：

يكون أسلوب الاستفهام بالنفي والإثبات بصيغة " 了没有……"، مثل:

（7）你买汉语词典了没有？

（8）伊曼去食堂了没有？

四、生成练习

رابعا: مفردات ممتدة

【串词】سلاسل الكلمات

专业 ——	专门	专家	专名	专长	专心（xīn）
		(خبير)	(اسم علم)	(اختصاص)	(ينكب على)
	作业	毕（bì）业	事业	工业	农（nóng）业
		(يتخرج)	(قضية – أمر)	(صناعة)	(زراعة)
放心 ——	关心	小心	细（xì）心		粗（cū）心
		(يحذر)	(دقيق)		(أهوج)
	决（jué）心	担（dān）心	伤（shāng）心		信心
	(عزيمة)	(قلق)	(حزين)		(مفعم بالثقة)

【搭配 الاقتران】

_____ + 见

　　看　　　　听　　　　闻（wén, يسمع）　　　　　遇（yù, يقابل）

接 + _____

　　电话　　　朋友　　　孩子　　　　球（qiú, كرة）

翻 + _____

　　笔记本　　书　　　　报纸　　　词典　　　杂志（zázhì, مجلة）

　　书包　　　口袋（kǒudài, جيب）　　箱（xiāngzi, صندوق）

一所 + _____

　　大学　　　中学　　　小学　　　　学校　　　医院

　　房子（fángzi, حجرة）

【替换 التباديل】

1. A：作业　　　　做完了吗？　　　B：做完了。

书	看	看
生词	预习	预习
这课的汉字	写	写
那个歌	听	听
今天的课文	复习	复习
中午做的菜	吃	吃

2. 我还没准备好呢。

| 做 |
| 吃 |
| 想 |
| 写 |
| 穿 |
| 翻译 |

3. 李飞打　　错了　　电话。

五、功能示例
خامسا: نماذج تطبيقية

【否定 النفي】

句例 أمثلة

我还没准备好呢。

会话 حوار

A：快点儿，阿里。

B：等等，我还没准备好呢。

【劝阻 النصح】

句例 أمثلة

别太累了。

会话 حوار

A：你平时不努力，考试怎么能考好呢？

B：别说了，我知道，我以后一定好好学习。

六、练　习
سادسا: التدريبات

(一) 熟读下列音节　　اقرأ المقاطع الصوتية التالية

jiē—qiē	xiān—jiān	xiū—jiū	cái—zǎi
gé—ké	huí—guǐ	suǒ—zuǒ	xiǎng—jiǎng
cuò—zuò	kuài—guài	gòu—kòu	tōng—dōng
huài—guài	fān—fēn	wán—wáng	zháo—zhóu
lèi—lì	gòu—gào	yè—yuè	

zhuānyè—chuānyuè　　　　xiāngxìn—shāngdìng

yǐjing—qǐbīng　　　　　　zháojí—cháotíng

kànjiàn—gànliàn　　　　　zháojí—zhóulǐ

bǐjì—bǐshì　　　　　　　　nèiróng—nìliú

(二) 熟读下列短语　　اقرأ العبارات التالية

做完	做完了	做完了没有	没（有）做完
——	看懂了	看懂了没有	没（有）看懂
打开	打开了	打开了没有	没（有）打开
修好	修好了	修好了没有	没（有）修好
——	写错了	写错了没有	没（有）写错
——	说对了	说对了没有	没（有）说对
打通	打通了	打通了没有	没（有）打通
洗干净	洗干净了	洗干净了没有	没（有）洗干净

（三）造句　كون جملا مستعينا بالكلمات التالية

1. 才

2. 然后

3. 还没……呢

4. 别……了

（四）选词填空　املأ الفراغات باستخدام الكلمات التالية

完　　　懂　　　通　　　见　　　好　　　错

1. 阿里的练习做 ＿＿＿＿ 了。

2. 对不起，我没听 ＿＿＿＿ 你的话。

3. 你看 ＿＿＿＿ 这本书的意思了吗？

4. 我给她打电话了，可是电话没打 ＿＿＿＿。

5. 饭做 ＿＿＿＿ 了，我们吃饭吧。

6. 我做 ＿＿＿＿ 事了吗？

（五）完成会话　أكمل الحوار التالي

1. A：请问，这种鞋有没有 42 号的？

　　B：真对不起，＿＿＿＿＿＿＿＿，你过几天再来吧。

　　A：好吧。

2. A：王小华，我们一起去吃饭吧。

　　B：好啊，＿＿＿＿＿＿＿＿？

　　A：学校外边，怎么样？

　　B：别太远了，＿＿＿＿＿＿ 我还要去图书馆呢。

　　A：那好吧。

（六）阅读后复述　　تحدث عن النص التالي بعد قراءته

　　一天晚上，阿里在家预习新课文，课文里的一个句子他没看懂。他打电话问艾哈迈德，艾哈迈德说，他也觉得那个句子很难，也没看懂。

　　阿里打算问问伊曼，但是他忘了伊曼的电话号码，只好再给艾哈迈德打电话，问伊曼的电话号码。

　　阿里打通了伊曼的电话，问那个句子是什么意思（yìsi, **معنى- فكرة**)。伊曼只说了一遍，阿里就懂了。他很快预习完了新课文。

（七）看图说话　　تحدث مستعينا بالصور التالية

（八）汉字笔顺练习　تدريبات على ترتيب الخطوط داخل الرموز الصينية

البدء برسم الجزء الخارجي يليه ما بالداخل ثم إغلاق الجزء الخارجي　先外后里再封口

四

因

回

囚

国

园

冒

（九）指出下列汉字的形旁和声旁

استخرج الأجزاء المعبرة عن الصورة والأجزاء المعبرة عن الصوت في الرموز التالية

情　孩　样　糖　眼　睛　码　胖

七、中国文化知识
سابعا: معلومات عن الثقافة الصينية

中国人的谦虚　　تواضع الصينيين

يعتقد الصينيون أن التواضع من الأخلاق الحميدة، فهم منذ قديم الأزل لا يحبون الشخص المتكبر المغرور، فإذا شكرك أحدهم وتقبلت هذا الشكر بعدم اهتمام فإنه سيعتقد أن بك بعضاً من التكبر. والصينيون قليلاً ما يقولون كلمة " شكراً " عند سماع مدح الآخرين لهم، بل من عاداتهم استخدام بعض العبارات التي تدل على التواضع في الرد على ثناء الآخرين لهم، مثل " هذا شئ لا يستحق الذكر"، " أنا اقل من أن استحق هذا المديح " ، " إنني دون مستوى هذا الثناء بالمرة " ، " لا أستحق كل هذا " وغيرذلك من العبارات.

ومعروف عن الشعب الصيني أنه شعب مضياف، فهم يرحبون بالضيف ويكرمونه ويعدون له أجود الأطعمة، وبالرغم من ذلك فإن على المضيف أن يقول " إننا لم نضيفك بما تستحق " ، " أتمنى أن يكون طعامنا قد أعجبك فإنني لا أجيد طهي الطعام " (1) وغير ذلك من من. وعند الانتهاء من تناول الطعام يقول الضيف " لقد أزعجتكم وأثقلت عليكم بمجيئي!" فيرد المضيف تواضعاً " لا، إننا لم نفعل شيئاً " ، " لا إزعاج على الإطلاق ". وعند تلقى هدية من شخص آخر يقول الصيني " لقد كلفت نفسك كثيراً " ، " لما كلفت نفسك كل هذه الكلفة "، ويرد مقدم الهدية قائلاً " إنها لا شئ على الإطلاق "، " إنها هدية متواضعة، أتمنى أن تنال إعجابكم " ، " هذا أقل ما يجب ".

_____

(1) يقال هذا الكلام تواضعاً بالرغم من جودة طهي المُضيف للطعام. (المترجم)

第二十课　你在做什么
الدرس العشرون: ماذا تفعل الآن

一、课文
أولا : النص

会 话 1
الحوار (1)

(المشهد: وانغ شياو خوا تتصل بأحمد تليفونيا)

艾哈迈德：喂，你好。

王　小华：是艾哈迈德吧，你在做什么？

艾哈迈德：哦，是王小华，我在学唱中文歌呢。

王　小华：不好意思，打扰你了。

艾哈迈德：没关系，你太客气了！

王　小华：艾哈迈德，你有学经济的朋友吗？

艾哈迈德：在这儿没有。你知道，我的很多朋友都在突尼斯。你有
　　　　　什么事？

王　小华：我在写一篇文章，遇到几个关于经济的问题，想找个人
　　　　　问问。

艾哈迈德：阿里的一个朋友是学经济的，你可以找阿里。

王　小华：太好了！阿里在吗？我跟他说一下儿。

艾哈迈德：在，他正听着音乐呢，我叫他……阿里！王小华的电话。

生　词
المفردات

1. 在	（副）	zài	ظرف
2. 唱	（动）	chàng	يغني
3. 歌	（名）	gē	أغنية
4. 打扰	（动）	dǎrǎo	يزعج
5. 经济	（名）	jīngjì	اقتصاد
6. 篇	（量）	piān	كلمة كمية
7. 文章	（名）	wénzhāng	مقالة
8. 遇	（动）	yù	يقابل
9. 到	（动）	dào	يصل إلى
10. 关于	（介）	guānyú	فيما يتعلق بـ
11. 跟	（介、连）	gēn	مع - و
12. 着	（助）	zhe	كلمة مساعدة
13. 正	（副）	zhèng	ظرف

会 话　II
（2）الحوار

(المشهد: خالد مريض، أحمد يأتي لزيارته أثناء تناوله الدواء في غرفته)

艾哈迈德：你身体不舒服吗？

哈立德　：我肚子有点儿疼，正吃药呢。

艾哈迈德：拉肚子吗？

哈立德　：是啊，厕所去了好几次了。我觉得，早上喝的牛奶可能
　　　　　有问题。

艾哈迈德：你最好去医院看看。

哈立德　：不用，我有治拉肚子的药。

艾哈迈德：你没去上课，同学们都很关心你。我正好经过这儿，来
　　　　　看看你。

哈立德　：谢谢你！刚才阿里也来了。

艾哈迈德：是吗？我正想找他呢。他已经走了吗？

哈立德　：刚走，可能去王小华那儿了。

艾哈迈德：我去追他。你好好儿休息，再见。

哈立德　：再见。

1. 肚子	（名）	dùzi	بطن
2. 拉肚子		lā dùzi	يصاب بالإسهال
拉	（动）	lā	يسحب - يعزف على - يتبرز
3. 厕所	（名）	cèsuǒ	دورة مياه
4. 好	（副）	hǎo	حسن - جيد
5. 牛奶	（名）	niúnǎi	لبن
6. 最好	（副）	zuìhǎo	ظرف(الأفضل)
7. 经过	（动、名）	jīngguò	يمر بـ - مجرى
8. 刚才	（名）	gāngcái	منذ برهة
9. 走	（动）	zǒu	يسير
10. 追	（动）	zhuī	يتعقب
11. 好好儿	（副）	hǎohāor	ظرف

白经理的一天

　　白经理是开罗一家中国旅行社的经理，他每天都很忙。

　　今天是星期二。早上九点，白经理进了自己的办公室。旅行社的翻译们正忙着呢，有的在和客人谈着价格，有的在给客人介绍旅游景点。

　　吃了午饭以后，白经理去给一个中文导游班上课。下午五点，他去机场接了两个中国旅游团。

　　晚上九点，白经理回到了自己的家里，紧张的一天结束了。

生　词
المفردات

1. 经理	（名）	jīnglǐ	مدير
2. 旅行社	（名）	lǚxíngshè	شركة سياحة
3. 客人	（名）	kèren	ضيف
4. 谈	（动）	tán	يتحدث
5. 旅游	（动）	lǚyóu	سياحي - يسيح
6. 景点	（名）	jǐngdiǎn	مزار
7. 午饭	（名）	wǔfàn	وجبة الغداء
8. 中文	（名）	Zhōngwén	اللغة الصينية المكتوبة
9. 导游	（名、动）	dǎoyóu	مرشد سياحي - يرشد السُّواح
10. 班	（名）	bān	فصل دراسي
11. 机场	（名）	jīchǎng	مطار
12. 团	（名）	tuán	فوج – مجموعة
13. 结束	（动）	jiéshù	ينتهي

专　名
أسماء الأعلام

白（姓）	Bái	باي

二、注 释
ثانيا: الشرح والتعليق

1. 遇到……问题

"动+到（+受事名词）"，表示动作达到目的或有了结果。例如：

التركيب "动+到 （+受事名词）" يعبر عن أن الفعل قد وصل إلى الهدف أو أحدث نتيجة، مثل:

（1）阿里找到了他的书包。

（2）书还没有买到。

2. 拉肚子

腹泻，用于口语。

هذا التعبير يستخدم في اللغة الشفهية، ويفيد بأن الشخص قد أصيب بإسهال.

3. 刚才：刚

1）两个词意思相近，但词性不同，"刚"是副词，只能用在动词前，"刚才"是名词，不受这个限制。例如：

1) "刚" و "刚才" كلمتان متقاربتان في المعنى، إلا أنهما مختلفتان من حيث نوع الكلمة، فكلمة "刚才" اسم لا يوجد قيود في استخدامها، أما "刚" فهي ظرف لا تأتي إلا قبل الفعل، مثل:

（1）他刚/刚才喝了一点儿咖啡。

（2）刚才（×刚）他喝了一点儿咖啡。

2）"刚才"后面可以用否定副词或程度副词，"刚"后面不行。例如：

2) يمكن استخدام ظرف معبر عن النفي أو ظرف معبر عن الدرجة بعد "刚才"، أما "刚" فلا يمكن معها ذلك، مثل:

（3）你为什么刚才（×刚）不说，现在才说？

（4）刚才（×刚）很冷，现在不太冷。

三、语法
ثالثًا: القواعد

1. 表示动作进行的 "在"、"正" "在" و"正" المعبرتان عن حالة استمرار الفعل

"在"、"正"用在动词前，表示动作正在进行。句尾可以加上语气助词"呢"，或者只用"呢"。例如：

"在" و"正" تأتيان قبل الفعل وتعبران عن أن الفعل في حالة استمرار. ويمكن إضافة كلمة "呢" المعبرة عن اللهجة في آخر الجملة، أو الاكتفاء بها للتعبير عن معنى الاستمرار، مثل:

（1）A：阿里，你在做什么？怎么不来上课？

B：我休息呢，头有点儿疼。

（2）不知道伊曼去哪儿了，大家正找她呢。

（3）艾哈迈德在给家里打电话呢。

否定式用"没（有）+动"。例如：

صيغة النفي تكون بحذف "在" و"正" ووضع "没（有）" قبل الفعل، مثل:

（4）A：他们在学习吗？

B：他们没（有）学习，他们聊天儿呢。

"在"和"正"不受时间限制，多用于现在进行的事情，如上举各例；用于过去或将来，句中有表示时间的词语。例如：

"在" و"正" لا تقيدان بحدود زمنية معينة، ويكثر استخدامهما في الأشياء التي تحدث بصورة مستمرة في الوقت الحاضر، وذلك مثل الأمثلة السابقة. إلا أنهما عندما تستخدمان للإشارة إلى الماضي أو المستقبل، يمكن أن تحتوي الجملة على ما يشير إلى الزمن، مثل:

（5）A：你什么时候看见她的？

B：昨天下午，我正买东西，见她跟一个人谈话。

（6）A：下午三点我去找你。

B：下午三点我正上课，晚上吧。

（7）明天这个时候，小赵一定又在给小红打电话。

2.　动态助词　الكلمة المساعدة تعبر عن حالة الفعل（1）"着"

　　"着"用在动词后，有时表示动作正在进行，动词前可以加副词"在、正"等，句末常有"呢"。例如：

كلمة"着 " تستخدم بعد الفعل، وأحيانا يقصد بها التعبيرعن استمرارية الحدث، كما يمكن أن تأتي كلمة "在"أو"正" قبل الفعل للتعبير عن هذا المعنى، وفي هذه الحالة غالبا ما تنتهي الجملة بكلمة "呢"، مثل:

　　（1）爸爸念着儿子的信，妈妈在旁边听着。
　　（2）我去找他的时候，他正看着电视呢。

四、生成练习
رابعا : مفردات ممتدة

【串词　سلاسل الكلمات】

牛奶　——　酸（suān）奶　　　　　奶粉（fěn）　　　　　　奶酪（lào）
（لبن زبادي）　　　　　**（لبن بودرة）**　　　　　**（جبن）**

　　　　　　奶油（yóu）　　　　　　奶茶　　　　　　　　奶牛
（زبدة）　　　　　**（شاي باللبن）**　　　　　**（بقرة حلوب）**

客人　——　旅客　　　　　　　　　顾（gù）客　　　　　　乘（chéng）客
（سائح）　　　　　**（عميل – زبون）**　　　　　**（راكب）**

　　　　　　贵客
（ضيف كريم）

【搭配　الاقتران】

_____ + 团

　　旅行　　　代表（dàibiǎo, **مندوب- مبعوث）**　　　　访问（fǎngwèn, **يزور）**
　　杂技　　　艺术（yìshù, **فن）**

_____ + 到

遇　看　想　吃　买　找　收（shōu, يستقبل）

【替换 التباديل】

1. A：阿里在做什么呢?　　　　　B：他在　　　　听音乐呢。

王小华		他		打电话
妈妈		妈妈		洗衣服
爸爸		爸爸		写信
李飞的朋友们		他们		聊天儿
同学们		他们		做练习

2. A：伊曼在做什么?　　　　　B：她　　在房间里　　看着报纸呢。

阿里		他	在教室里	听着录音
迪娜		她	在林红那儿	聊着天儿
孩子们		他们	在那边	看着杂技表演
李飞		他	在图书馆	看着书

五、功能示例
خامسا: نماذج تطبيقية

【叙述正在进行的活动　الإخبار عما يحدث حاليا】

句 例 أمثلة

1. 我正学唱中文歌呢。
2. 阿里在写一篇文章。

会 话 ｜حوار

　　A：希夏姆在做什么？

　　B：他在吃饭呢。

　　A：阿里呢？

　　B：他正在房间里看着电视呢。

【建议 الاقتراح】

句 例 ｜أمثلة

　　你最好去医院看看。

会 话 ｜حوار

　　A：你的脸色（liǎnsè，مظهر）不太好。

　　B：我头有点疼。

　　A：你最好去医院检查一下。

【推测 التخمين】

句 例 ｜أمثلة

1. 早上喝的牛奶可能有问题。

2. 她可能去伊曼那儿了。

会 话 ｜حوار

　　A：林红怎么没有来上课？

　　B：她可能去医院了。昨天晚上她肚子疼。

六、语法小结
سادسا: ملخص القواعد

汉语的动词谓语句与阿语的动词句

الجملة التي مسندها فعل في اللغة الصينية والجملة الفعلية في اللغة العربية

动词谓语句是汉语中最重要的句型，与阿语中的动词句比较，两者结构成分相近，语序则很不相同。可以从以下四个方面进行比较：

الجملة التي مسندها فعل من أهم أنواع الجمل في اللغة الصينية، وإذا قارنا هذا النوع من الجمل مع مثيله في اللغة العربية نجد أن هناك تشابها من حيث عناصر التركيب، إلا أن هناك بعض الاختلاف في ترتيب تلك العناصر بين اللغتين، ويظهر هذا الاختلاف من خلال النقاط الأربع التالية:

1）句子包含主语和动词。汉语是主语在动词前，阿语常常是动词在主语前。例如：

1 عندما تحتوى الجملة على مسند إليه وفعل، يتقدم المسند إليه على الفعل في اللغة الصينية، أما اللغة العربية فغالبا ما يتقدم فيها الفعل على المسند إليه، مثل:

主语+动词	الفعل+المسند إليه
我们的朋友来了。	أتى صديقي.
阿里睡觉了。	نام علي.
车到了。	وصلت السيارة.

2）句子包含主语、状语和动词。汉语处所词作状语通常在动词前、主语后，阿语处所词作状语在动词和主语之后。例如：

2 في اللغة الصينية عندما تحتوى الجملة على مسند إليه وحال وفعل، ويكون الحال اسم مكان، فإنه يوضع بعد المسند إليه وقبل الفعل، أما في اللغة العربية، فيوضع اسم المكان بعد الفعل والمسند إليه، مثل:

主语+处所词+动词	الفعل+المسند إليه+اسم المكان
孩子们在公园里玩儿。	يلعب الأطفال في الحديقة.

王老师在家里休息。　　　　　　　　　**يستريح الدكتور وانغ في المنزل.**

汉语否定副词、程度副词作状语一定在主语和动词之间，阿语否定词大都在句首动词前，程度副词在句尾。例如：

في اللغة الصينية، عندما تكون الظروف المعبرة عن النفي والدرجة في موقع الحال، يجب أن توضع
بين المسند إليه والفعل، أما في اللغة العربية فتوضع معظم أدوات النفي في أول الجملة قبل الفعل، أما الظرف
المعبر عن الدرجة فيوضع في آخر الجملة، مثل:

主语+否定词（+程度词）+动词　　**أداة النفي+الفعل+الظرف المعبر عن الدرجة**

王小华没写。　　　　　　　　　**لم يكتب وانغ شياو خوا.**

阿里不去。　　　　　　　　　　**لم يذهب علي.**

我们非常感谢你们。　　　　　　**نحن نشكركم كثيرا.**

3）动词带单宾语。汉语的语序是：主语+动词+宾语，阿语的语序大都是：动词（·主语）+宾语。例如：

3)　عندما يتعدي الفعل لمفعول، يكون ترتيب الجملة الصينية هو: المسند إليه+ الفعل+ المفعول به.
أما ترتيب الجملة العربية فغالبا ما يكون: الفعل (مقترنا بضمير المسند إليه)+ مسند إليه+ المفعول به، مثل:

主语+动词+宾语　　**الفعل (مقترنا بضمير المسند إليه)+ مسند إليه+ المفعول به**

林红写了一封信。　　　　　　　**كتبت لين خونغ خطابا.**

艾哈迈德买了一本书。　　　　　**اشترى أحمد كتابا.**

同学们喜欢游泳。　　　　　　　**يحب الزملاء العوم.**

我学习汉语。　　　　　　　　　**أدرس اللغة الصينية.**

阿语的很多动词要通过介词来连接宾语，例如：

وهناك العديد من الأفعال في اللغة العربية تتعدى إلى مفعول عن طريق حرف الجر، مثل:

主语+动词+宾语　　　　**الفعل + حرف الجر + المفعول به**

昨天你听广播（guǎngbō）了吗?　　**هل استمعت إلى الإذاعة؟**

哈立德住学生宿舍。　　　　　　**يسكن خالد في المدينة الجامعية.**

不要轻易（qīngyì）相信不认识的人。　　**لاتثق فيمن لا تعرفه.**

4）动词带双宾语。在汉语里，表人宾语在表物宾语前，在阿语里，表人宾语有时在表物宾语前，有时在表物宾语后，以介词短语方式出现。例如：

4) في اللغة الصينية، عندما يتعدى الفعل إلى مفعولين يتقدم المفعول به العاقل على المفعول به غير العاقل، أما في اللغة العربية فأحيانا يتقدم المفعول به العاقل على المفعول به غير العاقل، وأحيانا أخرى يتأخر المفعول به ويسبقه حرف جر، مثل:

他给了阿里一本书。   أعطى عليَ كتابا

他还（huán，يعيد）了阿里一本书。   أعاد الكتاب لعلي

七、功能小结
سابعا: ملخص النماذج التطبيقية

句 例 أمثلة

【购物】 الشراء
1. 小姐，我想试一试这双鞋。
2. 就买这双吧。

【选择】 الاختيار
1. 小姐，你喜欢什么颜色的？红的还是白的？
2. 饭前吃还是饭后吃？

【列举】 ضرب الأمثلة
三楼卖鞋、衣服什么的。

【**评价**　التقييم والتقدير】

样子很好，颜色也不错。

【**请求**　الطلب】

你能陪（péi，**يرافق**）我一起去吗？

【**有/无能力**　القدرة وعدم القدرة】

没问题，我能去。

【**看病**　زيارة الطبيب】

1. 你哪儿不舒服？

2. 发烧吗？

3. 你先去做个检查吧。

4. 一天吃三次，一次吃两片。

【**否定**　النفي】

你的病还没好呢。

【**劝阻**　تقديم النصيحة】

你别去了。

【**叙述正在进行的活动**　وصف الأحداث التي تحدث حاليا】

我在做听力练习。

【**建议**　الاقتراح】

1. 最好饭前吃。

2. 我看，我们最好明天去。

【推测】【التوقع】

今天天气不好，下午可能有雨。

综合会话　حوارات شاملة

(1)

(المشهد: دينا تتفق مع إيمان على الذهاب إلى المتجر)

迪娜：伊曼，你在做什么？

伊曼：我在做听力练习。

迪娜：我想去商场买双鞋，你能陪我一起去吗？

伊曼：好啊。什么时候去？

迪娜：今天下午，怎么样？

伊曼：今天天气不好，下午可能有雨。我看，我们最好明天去。

迪娜：行。

（2）

(المشهد: دينا وإيمان في أحد المحلات التجارية لشراء حذاء)

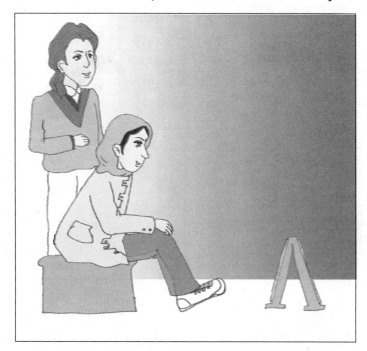

伊　曼：这家商场真大！我们去几楼？

迪　娜：三楼卖鞋、衣服什么的。我们去三楼。

（伊曼和迪娜到了三楼）

伊　曼：你看，这双鞋不错，你试试吧。

迪　娜：好。小姐，我想试一试这双鞋。

营业员：您喜欢哪种颜色的，红的还是白的？

迪　娜：红的。

营业员：您穿多大号的？

迪　娜：37。

营业员：给，这双是 37 的，您试一下。

（迪娜把鞋穿上）

伊　曼：样子很好，颜色也不错。感觉怎么样？

迪　娜：很舒服。就买这双吧。

（3）

(المشهد: في المستشفي، الطبيب يفحص لي فيى)

医生：你哪儿不舒服？

李飞：我肚子疼。

医生：拉肚子吗？

李飞：有点儿，上午拉了两次。

医生：发烧吗？

李飞：不发烧。

医生：你先去做个检查吧……

（李飞检查完回来）

医生：我给你开点儿药。

李飞：这药怎么吃？

医生：一天吃三次，一次吃两片。

李飞：饭前吃还是饭后吃？

医生：最好饭前吃。

（4）

(المشهد: في الغرفة، وانغ شياو خوا يسأل لي فيى عن صحته)

王小华：感觉怎么样？

李　飞：刚吃了药，感觉还行。

王小华：医生怎么说？

李　飞：医生说问题不大。

王小华：我现在要去图书馆学习，你好好休息吧。

李　飞：我们一起去吧。

王小华：你别去了，你的病还没好呢。

李　飞：只是个小毛病，没问题，我能去。

八、练 习
ثامنا: التدريبات

（一）熟读下列音节　　اقرأ المقاطع الصوتية التالية

bān—pān	piān—biān	réng—léng	gāng—kāng
zhuī—chuī	bái—pái	tǎn—dǎn	kǔ—gǔ
yù—jù	dào—tào	zài—cài	zhèng—chèng
bāi—bēi	gēn—gān	gāng—gēng	tān—tēng
bān—bēn	jié—jiá	zhèng—zhàng	dào—dòu

jīngjì—qīnjìn　　　　guānxīn—kuānxīn

guānyú—kuānyú　　　jīngguò—qīngkè

jīnglǐ—qīnglǐ　　　　Zhōngwén—Chōngshén

niúnǎi—liúshuǐ　　　zuì hǎo—cuì zǎo

gāngcái—gēnggǎi　　jīchǎng—jùchǎng

wénzhāng—wángjiāng　dǎrǎo—dǒudǎn

dùzi—tùzi　　　　　yù dào—jùzhào

（二）熟读下列短语　　اقرأ العبارات التالية

写信	在写信	在写信呢	正写着信呢
睡觉	在睡觉	在睡觉呢	正睡着觉呢
看书	在看书	在看书呢	正看着书呢
做作业	在做作业	在做作业呢	正做着作业呢
踢足球	在踢足球	在踢足球呢	正踢着足球呢
谈价格	在谈价格	在谈价格呢	正谈着价格呢
洗衣服	在洗衣服	在洗衣服呢	正洗着衣服呢

听音乐　　在听音乐　　在听音乐呢　　正听着音乐呢

打电话　　在打电话　　在打电话呢　　正打着电话呢

喝咖啡　　在喝咖啡　　在喝咖啡呢　　正喝着咖啡呢

聊天儿　　在聊天儿　　在聊天儿呢　　正聊着天儿呢

（三）选词填空　　املأ الفراغات باستخدام الكلمات التالية

正　　　呢　　　在　　　着　　　了　　　刚　　　刚才　　　到

1. 阿里，你 _____ 做什么啊？

2. 王小华来找我的时候，我 _____ 打电话。

3. 别说话，他 _____ 休息 _____ 。

4. 我 _____ 忙 _____ 做饭的时候，林红来 _____ 。

5. 他 _____ 看电视的时候，王老师来 _____ 。

6. A：_____ 你去哪儿了？

　　B：我去图书馆借书了。

　　A：借 _____ 了吗？

　　B：没借 _____ ，借了一本别的书。

　　A：什么时候回 _____ 宿舍的？

　　B：_____ 回 _____ 宿舍。

（四）完成会话　　أكمل الحوار التالي

1. A：阿里，刚才你给我打电话了吗？

　　B：没有啊，_____。

　　A：哦，你刚下课。那会不会是王小华呢？

　　B：王小华去图书馆了，现在可能 _____ 呢。

2. A：艾哈迈德，你在做什么呢？

　　B：_____。

　　A：阿里呢？他在宿舍吗？

　　B：他不在，他 _____ 踢足球呢。

（五）造句　كون جملا مستعينا بالكلمات والتعبيرات التالية

1. 有的……，有的……

2. 刚

3. 关于

4. 跟

（六）翻译下列句子　ترجم الجمل التالية

1. 林红在看信呢。

2. 刚才你在做什么？

3. 伊曼刚回宿舍，你去宿舍找她吧。

4. 他正忙着呢。

（七）阅读后复述　اقرأ القطعة التالية ثم تحدث عن مضمونها

　　一天晚上，伊曼在家里做着练习。8 点的时候，阿里给她打了一个电话，问她有没有空。伊曼说："对不起，我在做练习呢。"刚接完电话，林红来了，她来问一个关于阿拉伯语语法的问题。

　　林红刚走，迪娜又给她打了一个电话，问老师家的电话号码。伊曼在给她找电话号码的时候，妈妈来了，她说："孩子，早点儿休息，别太晚了。"伊曼说："我知道，妈妈，可是我的练习还没有做完呢。"

　　伊曼做完练习，时间已经过了十二点。这个晚上，伊曼真忙啊！

（八）看图说话　　تحدث مستعينا بالصور التالية

（九）汉字笔顺练习　　تدريبات على ترتيب الخطوط داخل الرموز الصينية

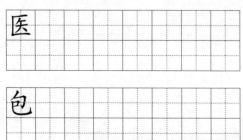

司

这

先

团

收

病

建

着

（十）指出下列汉字的形旁和声旁

استخرج الأجزاء المعبرة عن الصورة والأجزاء المعبرة عن الصوت في الرموز التالية

唱　暖　晴　逛　冷　蕉　袋

九、中国文化知识
تاسعا: معلومات عن الثقافة الصينية

中国的日常饭菜　　الأكلات الشائعة عند الصينيين

إن أساس الأطعمة عند الصينيين هو الأرز ودقيق القمح، ففي الجنوب يأكل معظم الناس الأطعمة المصنوعة من الأرز وطحينه، أما اللحوم والأسماك والبيض والخضروات الطازجة فهي من أهم الأطعمة المساعدة. أما أهل الشمال فيحبون أكل العجائن المصنوعة من القمح؛ حيث يستخدمون دقيق القمح في صنع الخبز والمعكرونة المصنوعة على البخار، بالإضافة إلى الفطائرالمحشوة باللحم (الچياوز) وغيرها من ألوان الطعام .

ومن البديهي أن تختلف أذواق الأطعمة من مكان لآخر عند الصينيين، ففي چيانغ سو (Jiāngsū)، وتشچيانغ (Zhèjiāng) جوانغ دونغ (Guǎngdōng) وغيرها من الأماكن يحب الصينيون الأطعمة الحلوة ، فهم يضعون السكر عند طهي الخضروات وقليلا ما يستخدمون صلصة الصويا، لذلك تكون أطعمتهم خفيفة. أما أهل الشمال فيحبون أكل الأطعمة المالحة ويطهون الخضروات بصلصة الصويا، لذلك يكون طعامهم دسماً. أما في خو نان (Húnán) ، وسيتشوان (Sìchuān) فإنهم يحبون الأطعمة الحريفة، وفى شان شي (Shānxī) يستخدمون الخل في أطعمتهم.

ومن عادات الصينيين التي تعودوا عليها منذ قديم الزمان تناول ثلاث وجبات في اليوم، فالمثل الصيني يقول " كُل جيداً في الإفطار ، وكُل حتى الشبع في الغداء ، وكُل قليلاً في العشاء " . وفى أعياد الميلاد يأكلون المعكرونة لاعتقادهم بأنها تدل على طول العمر.

第二十一课　味道好极了
الدرس الحادي والعشرون: مذاقٌ شهيٌّ جدًا

一、课文
أولا: النص

会话一
الحوار (1)

(المشهد: بعد أحد الاختبارات، أحمد وعلي يتشاوران في الذهاب إلى الكافيتريا لتناول قدحا من القهوة)

艾哈迈德：考完啦！

阿　里　：让我们好好儿轻松一下吧。去咖啡馆喝一杯，怎么样？

艾哈迈德：好主意！去哪一家？

阿　里　：我知道一家新咖啡馆，离学校不太远。那儿环境很不错，
　　　　　价格也比较便宜。

艾哈迈德：咖啡的味道怎么样？

阿　里　：味道好得很。

艾哈迈德：行，咱们就去那儿。是你请我喝，还是我请你喝？

阿里　　：上次我请了你，这次该你请我。

艾哈迈德：行，我请你。不过，喝完咖啡，你得请我看电影。

阿里　　：没问题，走。

(علي وأحمد في الكافيتريا)

艾哈迈德：嗯，真香啊！味道好极了！

阿里　　：我没说错吧。

生　词

المفردات

1. ……极了		…jí le	جدًا
极	（副）	jí	ظرف
2. 啦	（助）	la	كلمة مساعدة تعبر عن اللهجة
3. 轻松	（形）	qīngsōng	مرتاح
4. 馆	（名）	guǎn	مقصف- دار
5. 离	（介、动）	lí	عن- غادر - رحل
6. 环境	（名）	huánjìng	بيئة
7. 味道	（名）	wèidào	مذاق - طعم
8. ……得很		…de hěn	جدًا
9. 咱们	（代）	zánmen	نحن
咱	（代）	zán	نحن
10. 该	（动、能愿）	gāi	يستحق – وجب عليه أن
11. 得	（能愿）	děi	يجب أن
12. 嗯	（叹）	ng	كلمة لهجة
13. 香	（形）	xiāng	رائحة ذكية

会 话一II
（2）الحوار

(المشهد: علي وأحمد وإيمان وأصدقائهم الصينيين المغتربين وانغ شياو خوا و لي فيى يقيمون حفلة تعارف)

阿 里 ： 刚才李飞讲了一个小故事。现在请王小华为大家唱首歌，
大家欢迎！

王小华： 不行，不行，我真不会唱歌。你们让李飞唱吧，他的嗓子
可好了！

李 飞： 你的嗓子也不错。大家叫你唱，你就唱吧。

王小华： 那我就唱几句，你们别笑话我。

（وانغ شياو خوا يغني）

伊 曼 ： 好听极了！再来一个！

王小华： 我只会唱这一首歌，再让我唱别的，我可真不会。

林 红： 伊曼，我们表演了两个节目，你们也来一个吧！

伊 曼 ： 没问题。艾哈迈德，放音乐。来，我们请你们一起跳舞。

李 飞： 那可不行，先让阿里唱一首中国歌，然后咱们再跳舞。

阿 里 ： 好吧，那我和艾哈迈德一起唱一首中国民歌吧。

生　词 المفردات			
1. 讲	（动）	jiǎng	يشرح - يقول - يحكي
2. 故事	（名）	gùshi	قصة - حكاية
3. 为	（介）	wèi	من أجل
4. 首	（量）	shǒu	كلمة كمية
5. 可	（副）	kě	ظرف
6. 让	（动）	ràng	يجعل
7. 句	（量）	jù	كلمة كمية
8. 笑话	（动、名）	xiàohua	يضحك على - نكتة - ضحكة
9. 节目	（名）	jiémù	برنامج
10. 跳舞	（动）	tiàowǔ	يرقص
跳	（动）	tiào	يقفز
11. 民歌	（名）	míngē	أغنية شعبية

阅　读
المطالعات

请大家准时参加

　　请大家安静一下，我说一个通知。明天，我们系要开一个讨论会，请大家来交流学汉语的经验。

　　北京大学中文系的朱教授正在我们学校访问，他也来参加我们的讨论会。我们请朱教授给大家讲讲学汉语的方法。

　　讨论会明天下午3点开始，地点是101教室，请大家准时参加。

生　词
المفردات

1. 准时	（形）	zhǔnshí	في الموعد
2. 安静	（形）	ānjìng	هادئ
3. 通知	（名、动）	tōngzhī	إخطار ـ يخطر
4. 系	（名）	xì	قسم
5. 开会	（动）	kāihuì	يعقد اجتماعا
会	（名）	huì	اجتماع
6. 讨论	（动、名）	tǎolùn	يناقش ـ مناقشة
7. 交流	（动、名）	jiāoliú	يتبادل ـ تبادل
8. 经验	（名）	jīngyàn	خبرة
9. 教授	（名）	jiàoshòu	أستاذ دكتور
10. 访问	（动）	fǎngwèn	يزور
11. 方法	（名）	fāngfǎ	طريقة ـ أسلوب
12. 地点	（名）	dìdiǎn	مكان ـ موقع

专　名
أسماء الأعلام

1. 北京大学	Běijīng Dàxué	جامعة بكين
2. 朱（姓）	Zhū	چو

二、注 释
ثانيا: الشرح والتعليق

1. 他的嗓子可好了

　　副词"可"表示强调，多用于口语。例如：

الكلمة الظرفية "可" تستخدم للتأكيد، ويكثر استخدامها في اللغة الشفهية، مثل:

（1）我可不想去。

（2）这可不行！

　　用于感叹句时，句末要用上语气助词。例如：

عندما تستخدم "可" في الجملة التعجبية يجب أن تختتم الجملة بكلمة معبرة عن اللهجة، مثل:

（3）这鱼可好吃呢！

（4）他的汉语可好了！

2. 再来一个

　　"来"表示做某个动作，可代替意义更具体的动词，如这句话里的"来"代替动词"表演"。再如：

الفعل "来" يمكن أن يأتي ليحل محل أفعال لها معنى محدد في الجملة، وقد أتى هنا ليحل مكان الفعل "表演"، وهناك أمثلة أخرى كما يلي:

（1）来杯红茶，怎么样？（来 = 喝）

（2）伊曼已经唱了，你也来一个。（来 = 唱/表演）

（3）你不会做，让我来。（来 = 做）

3. 先……，再……

　　依次叙述连续发生的两个动作或两件事情。例如：

يستخدم هذا التعبير للربط بين أفعال أو أشياء حدثت بصورة متتابعة، مثل:

（1）阿里先复习课文，再做练习。

（2）伊曼先唱中文歌，林红再唱阿拉伯语歌。

三、语法
ثالثا: القواعد

1. 兼语句 الجملة المحورية (1): 请 让 叫

谓语由两个动词短语构成，第一个动词的宾语又是第二个动词的施事，这种动词谓语句就叫兼语句。第一个动词常常是表示使令意义的"请"、"让"、"叫"等。例如：

الجملة المحورية هي الجملة التي يتكون فيها المسند من عبارتين فعليتين، ويكون مفعول العبارة الأولى فيها هو القائم بالفعل الوارد في العبارة الثانية. وفي هذا النوع من الجمل غالبا ما يكون الفعل الأول معبرا عن الأمر، مثل الأفعال "请 让 叫" وغيرها، مثل:

（1）大家请林红唱一首中国歌。

（2）迪娜让伊曼和她一起去图书馆。

（3）爸爸叫哥哥努力工作。

例句中的"林红"、"伊曼"、"哥哥"都是兼语，它们既是第一个动词的宾语，又是第二个动词的施事。两个动词之间有因果关系，第二个动词所表示的动作是由第一个动词所表示的动作引起的，比如例（1）"（林红）唱"是"（大家）请"引起的。

تعتبر الكلمات "林红" و "伊曼" و "哥哥" في الأمثلة السابقة هي الكلمات المحورية، حيث تقع هذه الكلمات موقع المفعول به للفعل الأول، وفي نفس الوقت تعتبر فاعل للفعل الثاني، هذا بالإضافة إلى وجود علاقة سبب ونتيجة بين الفعلين؛ حيث إن غناء لين خونغ كان نتيجة دعوة الجميع لها.

2. 程度补语 المكمل المعبر عن الدرجة

"极了"、"得很"等放在形容词或某些心理状态动词之后，表示性状所达到的程度，叫程度补语。例如：

"极了" و "得很" وغيرهما من العبارات عندما تأتي بعد الصفة أو بعد الأفعال المعبرة عن

المشاعر فإنها تدل على درجة تلك الصفة أو حالة تلك المشاعر، ويسمى ذلك بالمكمل المعبر عن الدرجة، مثل:

（1）今天天气好得很，不可能下雨。

（2）伊曼的衣服漂亮极了。

（3）这孩子很聪明(cōngming，ذكي)，王老师喜欢极了。

例（1）也可以说"今天天气很好"，不过，"很好"所表示的程度不如"好得很"。

المثال الأول يمكن أن يأتي على صيغة "今天天气很"، إلا أن "很好" وما تعبر عنه من معنى لا يصل إلى درجة "好得很".

3.　能愿动词"得"　"得" فعل الرغبة

用于口语，表示需要、应该、必须。不能单独回答问题。例如：

يستخدم هذا الفعل في اللغة الشفهية ليعبر عن معاني الكلمات "需要、应该、必须"، ولا يمكن أن ينفرد هذا الفعل في الإجابة على الأسئلة، مثل:

（1）我得马上走。

（2）A：明天我得来吗？

　　　B：你得来。

否定用"不用"，不能用"不得"。例如：

صيغة النفي هي "不用"، ولا يمكن أن نقول "不得"، مثل:

（3）A：明天我得来吗？

　　　B：（你）不用（来）。

四、生成练习

رابعا: مفردات ممتدة

【串词】 سلاسل الكلمات

安静 —— 冷静　　　　平静　　　　　镇（zhèn）静　　　动（dòng）静

(هادئ - بارد)　(هادئ)　　　(رابط الجأش)　　(حركة - نشاط)

地点 —— 地方　　　　地址（zhǐ）　　地区（qū）　　　地位

　　　　　　　　　　(عنوان)　　　(منطقة)　　　(مكانة - مركز)

　　　　地理（lǐ）　　地球　　　　　地图　　　　地板（bǎn）

　　　　(جغرافيا)　　(الكرة الأرضية)　(خريطة)　(أرضية خشبية - باركية)

　　　　地毯（tǎn）　　地面　　　　　地下　　　　地铁（tiě）

　　　　(سجادة)　　　(سطح الأرض)　(تحت الأرض)　(سكة حديد)

交流 —— 交换（huàn）　交际（jì）　　交谈　　　　交通（tōng）

　　　　(تبادل)　　　(يتواصل)　　(يتباحث)　　(موصلات)

准时 —— 按（àn）时　　及（jí）时　　当（dāng）时　　有时

　　　　(في الموعد)　(في الوقت المناسب)　(في ذلك الوقت)　(أحيانا)

　　　　平时　　　　临（lín）时　　暂（zàn）时　　同时

　　　　　　　　　(مؤقت)　　　(مؤقتا)　　(في نفس الوقت)

【搭配】 الاقتران

交流 + _____

　　经验　　　成果（chéngguǒ, نتائج ）　　思想（sīxiǎng, أفكار ）

　　感情（gǎnqíng, مشاعر ）　　　　信息（xìnxī, معلومات ）

准时 + _____

　　参加　　　开始　　　结束（jiéshù, ينتهي ）　　出发（chūfā, ينطلق ）

【替换】التباديل

1. <u>我们请</u>　　　<u>你们</u>　　　<u>一起跳舞</u>。

艾哈迈德	我	帮助他
王老师	同学们	去他家吃饺子
阿里	王小华	参加他们的足球比赛
希夏姆老师	您	去一下办公室
我的同屋	我	去听音乐

2. <u>他的嗓子</u>　　　<u>好极了</u>。

她	高兴
我	累
她的房间	漂亮
今天的作业	多
我们的教室	干净
这里的东西	便宜

3. <u>这次该你</u>　　　<u>请我</u>。

你	去通知大家
我们	先听录音
他们班	表演节目
阿里	给你们介绍
爸爸	准备吃的

五、功 能 示 例
خامسا: نماذج تطبيقية

【邀请 الدعوة】

句 例 أمثلة

1. 现在请王小华给大家唱首歌，大家欢迎！

2. 来，我们请你们一起跳舞。

会 话 حوار

A：李飞，请你给大家表演一个节目吧。

B：我不会唱歌，也不会跳舞。我给大家讲一个笑话，可以吗？

A：当然可以。大家欢迎！

【通知 نتيجة - إعلان - إخطار】

句 例 أمثلة

讨论会明天下午 3 点开始，地点是 101 教室，请大家准时参加。

会 话 حوار

A：阿里，通知你一件事。

B：什么事？

A：明天上午 10 点有个讨论会，地点是 204 教室，请你准时参加。

【建议 اقتراح】

句 例 أمثلة

让我们好好儿轻松一下（吧）。

会 话 حوار

A：这两天学习太累了，让我们轻松一下吧。

B：好啊。去公园逛逛，怎么样？

A：好，现在就走。

六、练习
سادسا: التدريبات

（一）熟读下列音节　اقرأ المقاطع الصوتية التالية

gāi—kāi　　　xiāng—shāng　　lí—ní　　　jié—qié

guǎn—kuǎn　　jiǎng—qiǎng　　zǒu—zhǒu　　shǒu—chǒu

jù—qù　　　　tào—dào　　　　xì—shì　　　huì—kuì

shōu—shāo　　ràng—rèn　　　zǒu—zǎo　　　guǎn—gǔn

qīngsōng—jīngtōng　　　　　tōngzhī—dōngxī

ānjìng—gānjìng　　　　　　jiāoliú—qiāo mén

fāngfǎ—fànfǎ　　　　　　　jīngyàn—qīngxiàng

huánjìng—guǎnshì　　　　　zánmen—cánběn

tǎolùn—dǎoluàn　　　　　　fǎngwèn—fǎnwèn

gùshi—kùsì　　　　　　　　xiàohua—jiàohuà

tiàowǔ—diàotóu　　　　　　wèidao—huìbào

jiàoshòu—qiáoshǒu　　　　　dìdiǎn—tìtǎng

（二）熟读下列短语　اقرأ العبارات التالية

轻松	很轻松	不轻松	轻松得很	轻松极了
准时	很准时	不准时	准时得很	准时极了
安静	很安静	不安静	安静得很	安静极了
可爱	很可爱	不可爱	可爱得很	可爱极了
方便	很方便	不方便	方便得很	方便极了

好吃	很好吃	不好吃	好吃得很	好吃极了
快乐	很快乐	不快乐	快乐得很	快乐极了
热情	很热情	不热情	热情得很	热情极了
认真	很认真	不认真	认真得很	认真极了

（三）读音节写汉字，注意同音汉字的区别

حول المقاطع التالية إلى رموزصينية، مع مراعاة الفرق بين الرموز المتشابهة في النطق

跳 wǔ____   环 jìng____   民 gē____   大 jiā____

中 wǔ____   干 jìng____   gē____哥   参 jiā____

fù____习   dì____点   cí____带

fù____近   dì____弟   cí____典

（四）造句   كون جملا باستخدام الصيغ التالية

1. ……得很

2. 先……，再……

3. ……极了

4. 可……了

（五）完成句子   أكمل الجمل التالية

1. 这两天伊曼身体不好，妈妈让 _____。

2. 这课的语法很难，我们请 _____。

3. 吃完饭以后，爸爸叫 _____。

4. 李飞唱的歌 _____，我们请他唱一首吧。

5. 那个地方 _____，以后有时间，我还想去。

（六）选词填空　املأ الفراغات مستعينا بالكلمات التالية

又　很　以后　叫　极了　先　让　也

　　昨天的晚会 _____ 有意思。王小华 _____ 给大家讲了一个小故事，然后，李飞 _____ 为大家唱了一首阿拉伯语歌。他唱的歌好听 _____。李飞唱完歌以后，林红要伊曼和阿里他们表演几个节目。伊曼说："先让阿里和艾哈迈德为大家唱一首中国民歌吧。"阿里和艾哈迈德唱完歌 _____，林红 _____ 伊曼为大家跳舞，可是伊曼叫林红跳。阿里建议说："_____ 我们一起跳吧。"

（七）根据第（六）题短文回答问题

أجب على الأسئلة التالية طبقا للنص الموجود في سادسا

1. 晚会上中国留学生们表演了什么节目？

2. 李飞唱的歌怎么样？

3. 阿里和艾哈迈德表演了一个什么节目？

4. 林红要伊曼表演什么节目？伊曼表演了吗？

5. 阿里提了一个什么建议？

6. 昨天的晚会怎么样？

（八）翻译下列句子　ترجم الجمل التالية

1. 大家请他唱一首歌。

2. 老师做的菜味道好极了。

3. 我们先做作业，再练习会话。

4. 王老师叫你去一下儿办公室。

5. 让他先走吧。

6. 昨天的考试可难了！

（九）交际练习   تدريبات على التواصل اللغوي

1. 邀请或者建议朋友去看电影、去公园玩儿……

1- قم بدعوة صديق للذهاب إلى السينما، أو للتنزه في حديقة...

2. 通知同学们一件事，说明什么时间、在什么地方、做什么事、哪些人参加等。

2- قم بإخطار زملائك بأمر ما، مع توضيح الزمان، والمكان، والشي الذي سيتم

عمله، ومن سيشارك، وغير ذلك.

（十）汉字笔顺练习   تدريبات على ترتيب الخطوط داخل الرموز الصينية

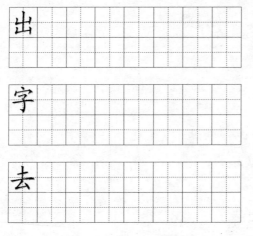

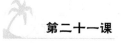

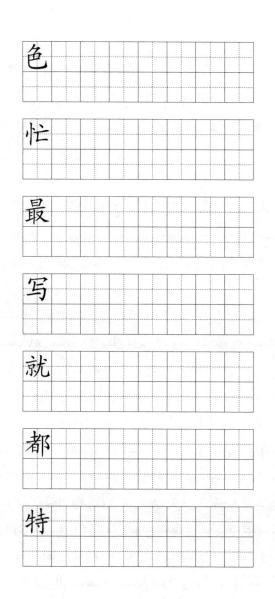

（十一）指出下列汉字的形旁和声旁

استخرج الأجزاء الممثلة للصورة والأجزاء الممثلة للصوت في الرموز التالية

晨　　访　　饺　　论　　试　　腿　　呀

七、中国文化知识
سابعا: معلومات عن الثقافة الصينية

 中国菜系 أنواع الأطعمة الصينية

الأطعمة الصينية ذات أنواع عديدة وطرق طهي متنوعة، وقد تختلف هذه الطرق حسب المناطق المختلفة المتفرقة في جميع أنحاء الصين، وأهم أنواع وأساليب الطهي عند الصينيين هي الطهي بأسلوب " لُو"، والطهي بأسلوب "تشوان "، هذا بالإضافة إلى أساليب "يوى"، و " خواى يانغ"، و" شيانغ " وغير ذلك من أساليب الطهي المختلفة.

أما تسمية " لو " فتشير إلى مقاطعة " شان دونغ" الصينية، ولذلك تعتبر الأطعمة المطهية بأسلوب" لُو " هي أطعمة أهل مقاطعة " شان دونغ "، وهم مشهورون بالمأكولات البحرية، وتتميز هذه الأطعمة بأنها خفيفية، قليلة الدهون وذات نضج جيد ورائحة لذيذة وطعم شهى. أما تسمية " تشوان " فتشير إلى مقاطعة " سى تشوان"، ويتميز أهل هذه المقاطعة بالأطعمة الحريفة حيث يستعملون التوابل الحارة بكثرة مثل الفلفل الأحمر والفلفل الأسود والديش الصيني والجنزبيل، وغالباً ما تكون مأكولاتهم حمراء اللون بسبب استعمالهم الفلفل الأحمر بكثرة مما يجعلها حارة للغاية ذات مذاق شهى. وبالإضافة إلى المأكولات الرئيسة تشتهر " سى تشوان" بالأطباق الباردة والمشهيات جيدة الطهي لذيذة الطعم. أما تسمية " يوي " فهي ترمز إلى أطعمة منطقة " جوانغ دونغ" وهم ذوو خبرة كبيرة في الأطعمة البحرية كالجمبري وسرطان البحر وهى أطباق شهية تلقى إقبال الجميع، وكذلك فإن أنواع الكعك والمعجنات لديهم لها شهرة كبيرة، فهي متعددة الأنواع ذات مذاق رائع، ويحب أهل " جوانغ دونغ" شرب الشاي مع الكعك وغيره من المعجنات. أما بالنسبة لتسمية " خواى يانغ " فتشير إلى أطعمة "جيانغ سو" وتمتاز بأنها أطعمة حلوة المذاق، فهي ليست حريفة الطعم وتعطى إحساسا بالراحة لسهولة هضمها. أما " شيانغ " فتشير إلى أطعمة مقاطعة " خونان "، وتمتاز هذه الأطعمة بأنها حريفة الطعم، وأهل مقاطعة خونان لا يستغنون عن تلك الأطعمة لدرجة أن وجباتهم الصباحية لا تخلو من الأطعمة الحريفة، وقد يرجع ذلك إلى ارتفاع معدل رطوبة الجو في هذه المنطقة.

第二十二课　去金字塔怎么走
الدرس الثاني والعشرون: كيف أذهب إلى الأهرامات

一、课文
أولا: النص

会 话—1
الحوار (1)

(المشهد: سائح صيني يزور ميدان رمسيس، وبالصدفة يمر به علي، فيطلب منه أن يلتقط له صورة، ثم يبدأ
في الحديث مع علي)

游客：谢谢你帮我照相。

阿里：不用谢。

游客：请问，去金字塔怎么坐车？我想下午去参观金字塔。

阿里：金字塔离这儿很远。让我想一想……你可以先坐 35 路公共
汽车到解放广场，再坐 66 路到动物园。

游客：请等一等，我记一下。

（يتناول السائح ورقة وقلمًا، ويبدأ في الكتابة）

阿里：动物园离金字塔不太远，到那儿以后，你再问问去金字塔怎么走。

游客：谢谢你！你能不能给我介绍一下儿金字塔？

阿里：当然可以。埃及已经发现了八十座金字塔，最大的是胡夫金字塔。

游客：听说胡夫金字塔有四千五百多年的历史，是吗？

阿里：是的。你知道吗？胡夫金字塔高一百三十米，用了二百三十万块石头！

游客：埃及人民真了不起！

阿里：你们的长城也很了不起，我也非常想去看看！

游客：你学习汉语，以后去中国的机会一定很多。

生　词
المفردات

1.	游客	（名）	yóukè	سائح
2.	参观	（动）	cānguān	يزور
3.	公共汽车		gōnggòng qìchē	مركبة عامة
4.	路	（名）	lù	طريق
5.	广场	（名）	guǎngchǎng	ميدان
6.	动物园	（名）	dòngwùyuán	حديقة الحيوان
	动物	（名）	dòngwù	حيوان
7.	座	（量）	zuò	كلمة كمية
8.	千	（数）	qiān	ألف
9.	历史	（名）	lìshǐ	تاريخ
10.	米	（量）	mǐ	متر

11. 万	（数）	wàn	عشرة آلاف
12. 块	（量）	kuài	كلمة كمية
13. 石头	（名）	shítou	حجر
14. 人民	（名）	rénmín	الشعب
15. 机会	（名）	jīhuì	فرصة

专 名

أسماء الأعلام

1. 解放广场	Jiěfàng Guǎngchǎng	ميدان التحرير
2. 胡夫	Húfū	خوفو
3. 长城	Chángchéng	سور الصين العظيم

会 话—II

（الحوار (2

(المشهد: في صيف العام الحالي، أحمد يستعد للذهاب إلى الصين مع أبيه)

艾哈迈德：今年夏天，我爸爸要去中国做生意，他想让我跟他一起去。

王 小华：这可是个好机会啊！

李 飞 ：你们准备去哪些城市？

艾哈迈德：我们打算先去北京，再去上海。

王 小华：从北京到上海很方便，可以坐飞机去，也可以坐火车去。

李 飞 ：还可以坐汽车去。

艾哈迈德：我只知道北京是中国的首都，上海和香港是有名的经济中心。你们可以介绍一下儿别的地方吗？

王 小华：中国有九百六十万平方公里，我真不知道应该介绍什么地方。

李 飞 ：我有一本介绍中国的书，你看看吧。

艾哈迈德：太好了！谢谢你们。

生 词
المفردات

1. 夏天	（名）	xiàtiān	الصيف
2. 生意	（名）	shēngyi	تجارة
3. 城市	（名）	chéngshì	مدينة
4. 从……到……		cóng……dào……	من.. إلى..
从	（介）	cóng	من
5. 飞机	（名）	fēijī	طائرة
6. 火车	（名）	huǒchē	قطار
7. 首都	（名）	shǒudū	عاصمة
8. 有名	（形）	yǒumíng	مشهور
9. 中心	（名）	zhōngxīn	مركز
10. 平方	（名）	píngfāng	مربع

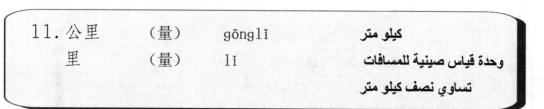

| 11. 公里 | （量） | gōnglǐ | كيلو متر |
| 里 | （量） | lǐ | وحدة قياس صينية للمسافات
تساوي نصف كيلو متر |

专　名

أسماء الأعلام

| 香港 | Xiānggǎng | هونغ كونغ |

阅　读

المطالعات

北京欢迎您

北京是中国的首都，她是一座古老的城市，有很多名胜古迹。

最有名的景点是长城，到北京旅行的人都希望去长城看一看。长城长一万四千六百里，所以也叫"万里长城"。

另一个著名的景点是故宫，它在天安门广场的北边，是北京的中心。以前，故宫是皇帝生活的地方，现在，它是一个历史博物馆。

北京是一座热情的城市，她欢迎世界各国人民来做客。

生　词

المفردات

1. 古老	（形）	gǔlǎo	قديم
2. 名胜	（名）	míngshèng	مَعْلَم شهير
3. 古迹	（名）	gǔjì	أثر

4. 长	（名、形）	cháng	طويل
5. 另	（代、副）	lìng	آخر
6. 著名	（形）	zhùmíng	شهير
7. 它	（代）	tā	هو - هي (لغير العاقل)
8. 北边	（名）	běibiān	الشمال
9. 皇帝	（名）	huángdì	إمبراطور
10. 博物馆	（名）	bówùguǎn	متحف
11. 世界	（名）	shìjiè	العالم
12. 各	（代）	gè	كل
13. 做客	（动）	zuòkè	يزور - يحل ضيفًا

专 名

أسماء الأعلام

1. 故宫	Gùgōng	القصر الإمبراطوري
2. 天安门广场	Tiān'ānmén Guǎngchǎng	ميدان السلام السماوي

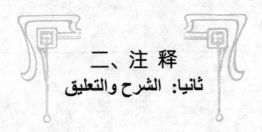

二、注 释
ثانيا: الشرح والتعليق

1. 你知道吗？胡夫金字塔高……

　　这句话并不表示疑问，是引入叙述内容的一种表达法。通常在说话人认为对方可能不太了解所述内容的情况下使用。例如：

هذه الجملة لا تحمل معنى السؤال، وإنما تمهد للسرد في موضوع ما، وتستخدم عندما يشعر المتحدث
أن المستمع ليس على دراية كافية بموضوع ما، مثل:

（1）你知道吗？我们的新老师是个中国人。

（2）你们知道吗？艾哈迈德今年暑假（shǔjià, **عطلة الصيف**）要去中国。

2. 从……到……

"从+名"表示从某一点开始，"到+名"表示到达某一点，"从+名"和"到
+名"连用，表示处所（包括路线、距离）、时间等的起讫点。例如：

عبارة "从+名" تعبر عن البداية من نقطة معينة، و "到+名" تعبر عن الوصول إلى نقطة أخرى،
ويستخدم هذان التركيبان معا للتعبير عن الانطلاق من نقطة مكانية (بما في ذلك الطرق والمسافات) أو
زمانية والوصول إلى نقطة أخرى، مثل:

（1）从北京到上海很方便。　　　　　（路线）

（2）从学校门口到学生宿舍有一千多米。　（距离）

（3）从星期六到星期四都上课。　　　　（时间）

3. 中国有九百六十万平方公里

"有+数量（+形）"表示达到这个数量。如：

الصيغة "有+数量（+形）" تعبر عن أن المسند إليه قد وصل إلى ذلك الرقم، مثل:

（1）她有三十多岁吗？

（2）胡夫金字塔有一百三十米高。

（3）左边的绳子（shéngzi, **حبل**）有两米长。

三、语法
ثالثا: القواعد

1. 连动句（2）：动₁表示动作方式

جملة الأفعال المتتالية (2) : عندما يعبر الفعل الأول عن الأسلوب

后一个动词（短语）表示动作，前一个动词（短语）表示动作凭借的方式或材料、工具等。例如：

في هذا النوع من الجمل يعبر الفعل أو العبارة الفعلية الثانية عن الحركة، أما الفعل أو العبارة الفعلية الأولى فتعبر عن الأسلوب أو المادة أو الأداة التي ينفذ بها الفعل الثاني، مثل:

（1）他们坐飞机去上海，我坐火车去。

（2）阿里用钢笔写信。

否定式一般是在动₁前加否定词。例如：

أسلوب النفي يكون عن طريق وضع أداة النفي قبل الفعل الأول.

（3）我不坐飞机去上海，坐火车去。

2. 100 以上的称数法   طرق العد بعد المائة

100 以上的数，位数词是“百”、“千”、“万”等。读法如下：

عندما يتجاوز العدد حدود المائة في اللغة الصينية تكون وحدات العد المستخدمة هي : " مائة " و " 百 "   " ألف " " 千 "   و " 万 " " عشرة آلاف "، وتقرأ كما يلي:

100······一百	101······一百零一
110······一百一 / 一百一十	111······一百一十一
200······二百/两百	1,000······一千
1,001······一千零一	1,010······一千零一十
1,100······一千一 / 一千一百	10,000······一万
10,001······一万零一	11,000······一万一/一万一千
11,010,000······一千一百零一万	

注　意 （1）"10，000"不能跟阿拉伯语一样读作"十千"，应读作"一万"。

（2）多位数中间有一个或几个"0"连在一起时，只读一次，比如"1001"读作"一千零一"；"0"处于数目的末尾时，不管是几个，都不读出，只读位数词，比如"4600"读作"四千六百"。

ملحوظة: (1) العدد "10،000" لا يقرأ "十千" مثل اللغة العربية، وإنما يقرأ "一万".

(2) عندما يوجد صفر أو عدة أصفار بين وحدة عشرية وأخرى يقرأ منها صفر واحد فقط، مثل العدد "1001" يقرأ هكذا "一千零一" ، وعندما يقع الصفر في نهاية الرقم فإنه لا يقرأ حتى ولو كان أكثر من صفر، ولا تقرأ إلا الوحدة العشرية الممثلة لتلك الأصفار، مثل العدد "4600" يقرأ "四千六百" .

四、生　成　练　习
رابعا: مفردات ممتدة

【串词 سلاسل الكلمات】

动物 ——	植（zhí）物	生物	礼物	文物
	（نبات）	（أحياء）	（هدية）	（أثر تاريخي）
	人物	事物	食物	药物
	（شخصية）	（شيء）	（طعام）	（دواء）

北边 ——	南边	东边	西边
	（الجنوب）	（الشرق）	（الغرب）

石头 ——	木（mù）头	罐（guàn）头	骨（gǔ）头	舌（shé）头
	（حشب）	（معلبات）	（عظام）	（لسان）

中心 ——	中间	中年	中级（jí）
		（وسط العمر）	（مرحلة متوسطة）

	中旬（xún）	中东
	（الثلث الثاني من الشهر）	（الشرق الأوسط）

【搭配】الاقتران

各 + _____

　　国　　　　城市　　　　单位（dānwèi，**وحدة**）　　　家　　人　　种

一座 + _____

　　金字塔　　　　　　　山（shān，**جبل**）　　　　　楼

　　桥（qiáo，**جسر**）　　　清真寺（qīngzhēnsì，**مسجد**）

一块 + _____

　　石头　　　蛋糕　　　巧克力　　　　　　　橡皮（xiàngpí，**ممحاه**）

　　玻璃（bōli，**زجاج**）　　　　　　　　手表（shǒubiǎo，**ساعة**）

　　肥皂（féizào，**صابونة**）　　　　　　黑板（hēibǎn，**سبورة**）

【替换】التباديل

1. 去金字塔怎么走？

　　医院
　　邮局
　　银行
　　解放广场
　　22 路车站
　　动物园

2. 你们可以坐公共汽车　　　　　　　　　去。

　　坐飞机　　　　　　　　　　　　　去
　　坐火车　　　　　　　　　　　　　来
　　用钢笔　　　　　　　　　　　　　写
　　用筷子（kuàizi，**أعواد الأكل الصينية**）　吃饭

3. A：<u>这条街多</u>　　　　<u>长</u>？　　　B：<u>这条街</u>　　<u>长</u>　　<u>三公里</u>。

长城	长	一万四千六百里
胡夫金字塔	高	一百三十七米
那个楼	高	一百米
这条路	长	一千四百米

五、功 能 示 例
خامسا: نماذج تطبيقية

【**问路**】 السؤال عن الطريق

句 例 أمثلة

1. 去金字塔怎么走？

2. 去动物园怎么坐车？

会 话 حوار

　　A：请问，去动物园怎么走？

　　B：动物园离这儿很远，你得坐车去。

　　A：怎么坐车？

　　B：先在这里坐 34 路公共汽车，坐到终点站（zhōngdiǎn zhàn, المحطة الأخيرة）
　　　　以后，再坐 16 路。

【**开始话题**】 المبادئة بالحديث

句 例 أمثلة

　　你知道吗？……

会 话 حوار

　　A：你知道吗？王老师今年夏天不回中国。

　　B：那太好了！我要请他到我家做客。

六、练 习
سادسا: التدريبات

(一) 熟读下列音节   اقرأ المقاطع الصوتية التالية

zhōng—chōng   qiān—jiān   bó—pó   mǐ—nǐ

gè—kè   kuài—guài   dòng—tòng   zuò—cuò

tóu—táo   mín—mén   lǐ—lěi   lìng—lèng

wàng—wèng   zuò—zào

xiàtiān—jiànjiē   shēngyì—chéngyì

jīhuì—qīcè   chéngshì—zhěngzhì

huǒchē—guǒzi   shǒudū—xiǔmù

zhōngxīn—chōngjī   píngfāng—bǐnggān

gōnglǐ—kōngjiě   dòngwù—tòngwù

lìshǐ—jìshí   shítou—chītou

gǔjì—kǔlì   zhùmíng—chúmíng

shìjiè—xìliè   yǒumíng—rénmín

(二) 熟读下列短语   اقرأ العبارات التالية

从左（边）到右（边）   从北京到上海   坐火车去

从前（边）到后 （边）   从埃及到中国   坐飞机去

从上（边）到下（边）   从也门到英国   坐汽车去

从里（边）到外（边）   从日本到法国   坐出租车去

从南（边）到北（边）   从故宫到长城   用钢笔记

从早上到晚上   从教室到宿舍   用汉语说

从上午到下午   从学校到车站   用英文翻译

从星期日到星期四   从商场到书店   用电话通知

（三）读下列数字　اقرأ الأرقام التالية

158	905	468	747
6,085	9,240	3,806	2800
96,407	30,571	12,087	66,050,767

（四）读音节写汉字，注意同音汉字的区别

حول المقاطع التالية إلى رموز مع مراعاة الرموز المشتركة في نطق واحد

xià____天　　　gōng____作　　　城 shì____　　　zuò____客

xià____午　　　gōng____里　　　可 shì____　　　zuò____业

世 jiè____

jiè____绍

（五）造句　كون جملا مستعينا بالكلمات والصيغ التالية

1. 参观

2. 著名

3. 从……到……

（六）选词填空　املأ الفراغات مستعينا بالكلمات التالية

坐　　　块　　　对　　　从　　　座　　　个

1. 她很漂亮，____人也很热情，大家都很喜欢她。

2. 开罗是一____古老的城市，每年去那儿旅游的人很多。

3. 你知道胡夫金字塔用了多少____石头？

4. 我打算____飞机去北京，你呢？

5. ____解放广场到胡夫金字塔比较远。

6. 开罗有多少____广场？

（七）根据课文回答问题　أجب عن الأسئلة التالية طبقا لما ورد بالنص

1. 埃及有多少座金字塔？

2. 胡夫金字塔有多少年历史？

3. 去胡夫金字塔怎么坐车？

4. 中国有多少平方公里？

5. 长城为什么又叫万里长城？

（八）翻译下列句子　ترجم الجمل التالية

1. 万里长城有两千多年的历史。

2. 你能不能给我们介绍一下儿故宫？

3. 从开罗到北京有多远？

4. 你打算坐飞机去北京吗？

5. 埃及人口（rénkǒu, السكان）有 5516 万。

（九）看图说话　　تحدث مستعينا بالصور التالية

（十）汉字笔顺练习　　تدريبات على ترتيب الخطوط داخل الرموز الصينية

东

世

来

开

束

再

更

面

事

（十一）指出下列汉字的形旁和声旁

استخرج الأجزاء الممثلة للصورة والأجزاء الممثلة للصوت في الرموز التالية

种　站　遇　泳　城　饿　懂　格

七、中国文化知识
سابعا: معلومات عن الثقافة الصينية

祥瑞动物　الحيوانات التي تبعث على التفاؤل عند الصينيين

يطلق الصينيون على التنين والعنقاء ووحيد القرن الصيني والسلحفاة اسم " الأرواح الأربع"، وهذه الحيوانات ـ فيما عدا السلحفاة التي تمثل حيوانا حقيقيا ـ أُخذت من أساطير الديانات القديمة لتصبح مثلاً أعلى وقدوة حسنة.

فالتنين هو أحد الحيوانات الأسطورية كثيرة الدلالات بصورة يصعب فهمها في الثقافة الصينية؛ فقد كان الإمبراطور الصيني في العصور القديمة يطلق على نفسه " التنين الأكبر ابن السماء " ويطلق على أبنائه وأحفاده " أبناء وأحفاد التنين " ، وفي المعتقدات الشعبية الصينية يعتبر التنين رمزاً للقوة والحيوية وهو تجسيد لكل معاني السعادة والتفاؤل، ولذلك فهو يحظى بحب وإعجاب الصينيين. ويقال إن العنقاء هو طائر الشمس وطائر الرقص والغناء، وفى الثقافة الصينية يقال إن التنين يرمز إلى الإمبراطور، كما يرمز إلى السماء والشمس، أماالعنقاء فترمز إلى الإمبراطورة والأرض والقمر. وقد جاء وحيد القرن الصيني من تطورالغزال وأنواع أخرى مشابهة من الحيوانات، ويعتقد الصينيون أن الغزال رمز للأخلاق وطيبة القلب، أما وحيد القرن الذي تطور من شكل هذا الحيوان، فإنه يرمز إلى الوحدة والسلام. أما السلحفاة بقدرتها على تحمل الأعباء وعمرها المديد، فقد انتشر عبر الحكايات الصينية الاعتقاد بأنها تستطيع التنبؤ بالخير أو الشر، لذلك ينظر إليها الصينيون على أنها فأل خير.

第二十三课　今天晚上你怎么过
الدرس الثالث والعشرون: كيف ستقضي ليلتك اليوم

一、课文
أولا: النص

会 话一
الحوار (1)

(المشهد: اليوم يوم الخميس، علي وأحمد يتفقان على الخروج للتنزه ليلا)

阿里　　　：艾哈迈德，今天晚上你有什么安排？

艾哈迈德：没有特别的安排，看看书，听听音乐。你呢？你回家吗？

阿里　　　：我不回家。明天早晨我要去火车站接一个朋友，从这儿
　　　　　　走比较方便。

艾哈迈德：那今天晚上你怎么过？

阿里　　　：我也不知道……咱们吃了饭去找李飞他们，怎么样？

艾哈迈德：你自己去吧。我从朋友那里借了一本小说，想赶快看完

它。

阿里　　　：可是，今天晚上 8 点到 11 点要停电，你怎么看书？

艾哈迈德：真的吗？

阿里　　　：我上楼的时候，看见停电的通知了。

艾哈迈德：没说要停水吧？

阿里　　　：没说。

艾哈迈德：还好，我最怕的是停水。

阿里　　　：是啊，不能洗澡多难受啊！怎么样？吃完饭跟我一起去李飞那儿吧。

生　词			
的مفردات			
1. 安排	（动）	ānpái	يرتب - يجهز - ترتيب - تجهيز
2. 站	（名）	zhàn	محطة
3. 小说	（名）	xiǎoshuō	قصة
4. 赶快	（副）	gǎnkuài	بسرعة
5. 停电		tíng diàn	انقطاع الكهرباء
停	（动）	tíng	يتوقف
电	（名）	diàn	كهرباء
6. 上	（动）	shàng	يصعد
7. 水	（名）	shuǐ	مياة
8. 怕	（动）	pà	يخاف
9. 洗澡	（动）	xǐzǎo	يستحم
10. 难受	（形）	nánshòu	مزعج - لا يحتمل

会 话—II
الحوار (2)

(المشهد: مساء يوم الأربعاء، إيمان ولين خونغ تتجاذبان أطراف الحديث)

伊曼：林红，明天下午打算做什么？

林红：我打算去银行换钱，换完钱逛逛市场，买点儿东西。你有什么安排？

伊曼：我明天下午要去朋友家吃饭。

林红：这可是件好事！你需要点儿什么？我可以替你买。

伊曼：不用，我和你一起去市场吧。我的朋友下午四点才来，我想买件礼物送她。

林红：你提醒了我，我也打算买几件埃及的纪念品。你帮我挑挑吧。

伊曼：没问题。我知道一家纪念品商店，那里卖的盘子很漂亮，也比较便宜，你一定喜欢。

林红：谢谢！那我们明天吃了午饭就去。

伊曼：你还是去上次去的那家银行吗？

林红：对，那儿的服务态度比较好。

伊曼：那太好了，我说的纪念品商店离那家银行很近。

		生　词 المفردات		
1.	换	（动）	huàn	يبدل - يغير
2.	市场	（名）	shìchǎng	سوق
3.	需要	（动、名）	xūyào	يحتاج إلى - احتياجات
4.	替	（介、动）	tì	بدلا من - ينوب عن
5.	提醒	（动）	tíxǐng	ينبه
6.	纪念品	（名）	jìniànpǐn	هدية تذكارية
	纪念	（动、名）	jìniàn	يتذكر - تذكار
7.	挑	（动）	tiāo	يختار
8.	盘子	（名）	pánzi	طبق
9.	服务	（动）	fúwù	يخدم
10.	态度	（名）	tàidu	معاملة

阅　读
المطالعات

今天，你上网了吗

在中国，上网非常方便。人们可以在家里上网，也可以去网吧上网。

对普通中国人来说，上网也不贵。一些大学附近的网吧，一小时只要一元钱。

对很多年轻人来说，上网是他们生活的一部分。他们上网看新闻、发电子邮件、跟别人聊天儿……有的人吃完晚饭上网，有的人下了班就去网吧。

你呢？今天，你上网了吗？

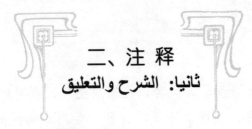

生　词
المفردات

1. 上网	（动）	shàngwǎng	يدخل على الإنترنت
2. 网吧	（名）	wǎngbā	مقهى إنترنت
3. 对……来说		duì……láishuō	بالنسبة لـ ..
4. 普通	（形）	pǔtōng	متوسط – عادي
5. 贵	（形）	guì	مرتفع الثمن - غالي
6. 元	（量）	yuán	كلمة كمية (وحدة من وحدات العملة الصينية)
7. 部分	（名）	bùfen	جزء من
8. 新闻	（名）	xīnwén	أخبار
9. 发	（动）	fā	يرسل
10. 电子邮件		diànzǐ yóujiàn	رسالة إلكترونية
11. 晚饭	（名）	wǎnfàn	عشاء
12. 下班	（动）	xiàbān	انتهاء فترة الدوام في العمل

二、注释
ثانيا: الشرح والتعليق

1. 今天晚上 8 点到 11 点要停电

能愿动词"要"可以表示将要发生的意思。例如：

الفعل المعبر عن الحالة "要" يمكن أن يحمل معنى ما سوف يحدث في المستقبل، مثل:

（1）天气预报说下午要下雨。

（2）下星期要考试，我得认真复习。

2. 不能洗澡多难受啊

副词"多"用在感叹句里，表示程度很高，句末常带语气助词"啊"。例如：

الظرف "多" يستخدم في جمل التعجب للتعبير عن المغالاة في المعنى، ودائما ما تنتهي الجملة التي تحتوي على هذا الظرف بكلمة "啊"، مثل:

（1）这件衣服多漂亮啊！

（2）今天天气多好啊！

3. 元

中国的货币单位有元、角、分3种，它们之间的换算关系是：

وحدات العملة الصينية ثلاث هي "元、角、分"، ونسبة التحويل بينها كما يلي:

10分 ＝1角（jiǎo）　　　10角 ＝1元

口语中常用"块（kuài）"代替"元"，用"毛（máo）"代替"角"。例如：

في اللغة الشفهية دائما ما نقول "块（kuài）" بدلا من "元" و "毛（máo）" بدلا من "角"، مثل:

0.05	读作：五分	0.10	读作：一毛
0.15	读作：一毛五（分）	5.00	读作：五块
5.05	读作：五块零五（分）	5.50	读作：五块五（毛）
10.05	读作：十块零五（分）	55.55	读作：五十五块五毛五（分）

三、语法
ثالثا: القواعد

1. 连动句（3）：表示动作先后或情况连续发生

جملة الأفعال المتتالية (3): التعبير عن ترتيب الأفعال أو الأحداث في اللغة الصينية

动₁和动₂/形是先后或连续发生的两个动作或情况，后一个动作或情况发生时，前一个动作已经结束，动₁往往带助词"了"或补语。为了强调两个动作或情况紧紧相连，往往在动₂/形前加"就"。例如：

الفعل الأول والفعل الثاني/ الصفة يعبران عن تتابع فعلين أو حدثين، وتعبر الجملة عن أن الفعل الأول قد أعقبه الفعل/ الصفة الأخيرة، ودائما ما يُتبع الفعل الأول بمكمل أو بالكلمة المساعدة "了"، ولكي تؤكد الجملة على أن الفعلين أو الحدثين متتابعان بصورة متقاربة دائما ما يسبق الفعل/ الصفة التالية كلمة "就"، مثل:

（1）我吃了饭去。

（2）他见了我就笑。

（3）阿里复习完课文就做练习。

（4）他收到妈妈的信高兴极了。

否定式大都在动₂/形前加否定词。例如：

صيغة النفي تكون بوضع أداة النفي قبل الفعل/ الصفة الثانية، مثل:

（5）有时候，阿里复习完课文不做练习。

（6）艾哈迈德看了照片没说话。

2. 对……来说

表示从某人、某事的角度来看。比如本课"对普通中国人来说，上网也不贵"的意思是，普通中国人觉得上网不贵（收入较低的人会觉得贵）。再如：

معنى هذه الصيغة هو " من وجهة نظر شخص أو شيء معين..."، ومعنى الجملة على سبيل المثال هو أن عامة الصينيين يشعرون بأن سعر الدخول إلى الإنترنت غير مرتفع وأن منخفضي الدخل لهم رأي غير

ذلك، وهناك أمثلة أخرى مثل:

（1）对阿拉伯学生来说，汉字有点儿难；对日本学生来说，汉字不难。

（2）他有自己的汽车，对他来说，去那儿很方便。

四、生成练习

رابعا: مفردات ممتدة

【串词】 سلاسل الكلمات

安排 ——	安装（zhuāng）	安慰（wèi）	安静（jìng）	安全
	(يركب- يجمع)	(يواسي)	(هادىء)	(آمن)
提醒 ——	提出	提问	提高	提前
	(يطرح)	(يسأل)	(يرفع)	(يقدم)
	提供（gōng）			
	(يمد بـ)			
纪念 ——	想念	思（sī）念	概（gài）念	
		(يشتاق إلى)	(مفهوم)	
	观（guān）念			
	(رأي شخصي- مفهوم - مبدأ)			

【搭配】 الاقتران

发 + _____

电子邮件　　　　　信号（xìnhào, إشارة - نداء）　　通知　　　书

工资（gōngzī, مرتب）　奖学金（jiǎngxuéjīn, منحة دراسية）

停 + _____

电　　　水　　　火（huǒ, ذخيرة- نار）　　　课　　　车

产（chǎn, إنتاج）　业（العمل）

【替换】 (التباديل)

1. A：你打算做什么？　　　B：吃了晚饭　　　　去咖啡馆。

吃了早饭　　　　去书店
下了班　　　　　去上网
预习了课文　　　去散步
做了作业　　　　就睡觉
看了病　　　　　回家
换了钱　　　　　逛商店

2. 明天我们吃完早饭　　　去书店。

洗完衣服　　　去教室
拍完照片　　　回家
上完课　　　　去公园
做完练习　　　去咖啡馆

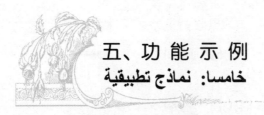

五、功能示例
خامسا: نماذج تطبيقية

【谈打算】 (الحديث عن الترتيبات)

句　例 (أمثلة)

1. 今天晚上你有什么安排？

2. 今天晚上你怎么过？

3. 我打算去银行换钱，换完钱逛逛市场，买点儿东西。

会 话 ｜حوار｜

A：明天你有什么安排？

B：我打算早上去图书馆看书，下午休息，晚上做练习。你打算怎么过？

A：明天我要去参加一个朋友的婚礼（hūnlǐ，**حفلة زفاف**）。

六、练 习
سادسا: التدريبات

（一）熟读下列音节　اقرأ المقاطع الصوتية التالية

tiē—diē	tiāo—diāo	tǐng—dǐng	shuǐ—zuǐ
yuán—quán	tíng—téng	wāng—wēng	wǎng—huǎng
guì—kuì	huàn—guàn	tì—dì	pà—bà

gǎnkuài—gěnggài　　shīfu—xífu　　　　xǐzǎo—shǐguǎn

kěpà—géxià　　　　shìchǎng—xìfǎng　　xūyào—shūhào

tíxǐng—díqíng　　　jìniàn—zhìài　　　　tàidu—dàishǔ

pǔtōng—bǔchōng　　xīnwén—shēncéng　　pánzi—pénzi

（二）熟读下列短语　اقرأ العبارات التالية

对我来说	对你来说	对他来说
对我们来说	对你们来说	对他们来说
对自己来说	对大家来说	对朋友来说
对阿拉伯人来说	对世界人民来说	对中国来说
对学校来说	对公司来说	对商店来说

下了课去网吧　　　吃了早饭去学校　　　洗完衣服看电视

下了课没去网吧　　吃了早饭没去学校　　洗完衣服没看电视

喝了茶去跳舞　　　做完作业去踢足球　　吃完饭预习新课文

喝了茶没去跳舞　　做完作业没去踢足球　吃完饭没预习新课文

（三）读音节写汉字，注意同音汉字的区别

حول المقاطع الصوتية التالية إلى رموز مع مراعاة الرموز المشتركة في نطق واحد

赶 kuài＿＿＿　　　jì＿＿＿念　　　tài＿＿＿度　　　shēng＿＿＿音

一 kuài＿＿＿　　　jì＿＿＿信　　　tài＿＿＿极拳　　shēng＿＿＿日

tí＿＿＿醒　　　shí＿＿＿间　　　hái＿＿＿是　　　diàn＿＿＿脑

问 tí＿＿＿　　　shí＿＿＿品　　　hái＿＿＿子　　　商 diàn＿＿＿

（四）造句　　كون جملا من الكلمات والصيغ التالية

1. 赶快

2. 提醒

3. 对……来说

4. 替

（五）选字填空　　أكمل الجمل التالية مستعينا بإحدى الكلمات التي بين الأقواس

1. 你去商店的时候替我＿＿＿＿袋洗衣粉好吗？　　　　　（买　　卖）

2. 我想赶快看完那本小＿＿＿＿。　　　　　　　　　　　（话　　说）

3. 明天是＿＿＿＿天，我要洗衣服，不打算去外边玩儿。（请　　晴）

4. 欢迎您来我们学校＿＿＿＿问。　　　　　　　　　　　（放　　访）

5. 林红的房＿＿＿＿总是很干净。　　　　　　　　　　　（间　　问）

（六）翻译下列句子　ترجم الجمل التالية

1. 对我来说，汉字有点儿难。

2. 对王小华来说，找到这个地方不太难。

3. 我们吃完饭去咖啡馆吧。

4. 下了课我就回家。

5. 我们踢完足球一起去吃饭。

（七）根据课文回答问题　أجب عن الأسئلة التالية طبقا لما ورد بالنص

1. 阿里今天晚上回家吗？为什么？

2. 阿里今天晚上有什么安排？

3. 艾哈迈德打算今天晚上做什么？

4. 什么时候要停电？

5. 晚上停不停水？

（八）交际练习   تدريبات على التواصل اللغوي

你的一位朋友打来电话，说想在下个星期来看你。请根据下列时间表跟他约定一个合适的时间。

أحد الأصدقاء يتصل بك هاتفيًا، ويخبرك بأنه يرغب في زيارتك الأسبوع القادم. اتفق معه

على الموعد طبقًا للجدول التالي:

	上午	下午	晚上
星期六	语法课	听力课	看朋友
星期日	口语课	口语练习	
星期一	听力课	阅读课	看电影
星期二	口语课	去图书馆	
星期三	语法课		复习语法
星期四	语法考试		
星期五			

（九）看图说话   تحدث مستعينا بالصور التالية

1.

2.

（十）汉字笔顺练习　تدريبات على ترتيب الخطوط داخل الرموز الصينية

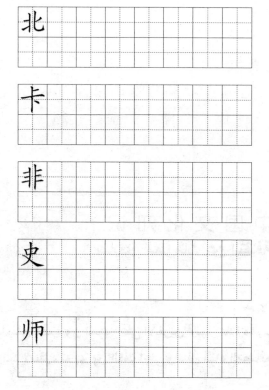

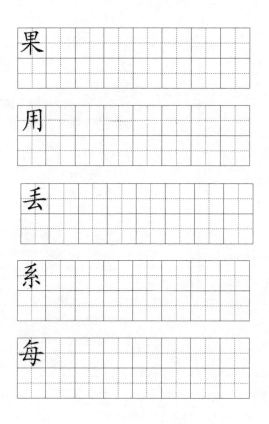

果

用

丢

系

每

（十一）指出下列汉字的形旁和声旁

استخرج الأجزاء الممثلة للصورة والأجزاء الممثلة للصوت في الرموز التالية

睡　态　谈　停　澡　壁　超　赶

七、中国文化知识

سابعا: معلومات عن الثقافة الصينية

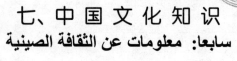 手势　مغزى إشارات اليد عند الصينيين

عندما يلقي الصينيون التحية على الآخرين فإنهم عادة ما يمدون اليد اليمنى للمصافحة، مع مراعاة أن تكون راحة اليد لأسفل، ثم يهزون الكف أعلى وأسفل أثناء المصافحة.

رفع السبابة إلى منطقة الجبهة أو الصدغ يدل على أن هناك ألم بالرأس أو أن الشخص يشعر بالصداع.

استخدام السبابة في حك الأنف أو الخد يعبر عن الخجل من الآخرين.

عندما يشعر الأطفال أو الفتيات الصغار بأنهم اخطئوا في الحديث، غالباً ما يضعون أيديهم على أفواههم.

عند مد الذراعين للأمام وتوجيه راحة اليد إلى أسفل، مع تحريك الذراعين لأسفل وأعلى ، فإن ذلك يدل على طلب الهدوء.

بعض الناس يربتون بأيديهم على صدورهم للتعبير عن أن هذا الأمر على ضمانتهم أو التعبير عن ضمان شخص آخر.

عندما تريد أن توقف سيارة غالباً ما تمد يدك إلى الأمام، مع تحريك راحة اليد رأسيا.

رفع الإبهام يدل على الاستحسان، وعلى العكس من ذلك يدل مد الخنصر على عدم الاستحسان، كما أن هذه الإشارة تعبر عن الاحتقار.

第二十四课　你今天穿得真漂亮

الدرس الرابع والعشرون: ما أجمل ملابسك اليوم

一、课文
أولا: النص

会 话一1
الحوار (1)

(المشهد: حفل افتتاح الأسبوع الثقافي الصيني على وشك البدء، إيمان ترتدي زيا صينيا(تشيباو) ، الأمر الذي يلفت نظر علي)

阿里：伊曼，你今天穿得真漂亮！

（إيمان تتصنع عدم الرضا）

阿里：你怎么不理我？我说错话了吗？

伊曼：你说我今天穿得真漂亮，我平时穿得不……

阿里：不！不！你每天都穿得很漂亮，今天尤其漂亮！伊曼，那我应该怎么说？

伊曼：开个玩笑，你说得很对。我明白你的意思。

阿里：这是你买的新衣服吗？

伊曼：不，是一位中国朋友送我的礼物。你知道这种衣服的名字吗？

阿里：我知道，这叫旗袍，是中国的传统服装。

伊曼：不错，是旗袍。再考考你，衣服上的这些字是什么意思？

阿里：这些是汉字？我以为是画儿呢。

伊曼：这些都是"福"字，是好运气的意思。你看，每个"福"字的写法都不一样。

阿里：这个我知道，这是中国的书法。

	生　词 المفردات			
1.	得	（助）	de	كلمة مساعدة
2.	理	（动）	lǐ	يهتم بـ
3.	尤其	（副）	yóuqí	على الأخص
4.	意思	（名）	yìsi	قصد - معنى
5.	旗袍	（名）	qípáo	(تشيباو) فستان على الطراز الصيني
6.	传统	（名）	chuántǒng	تقليد
7.	服装	（名）	fúzhuāng	زي - ملابس
8.	字	（名）	zì	رمز صيني
9.	画儿	（名）	huàr	رسم - صورة
10.	福	（名）	fú	سعادة - رخاء - رفاهية
11.	运气	（名）	yùnqi	حظ
12.	写法	（名）	xiěfǎ	طريقة كتابة
13.	一样	（形）	yíyàng	مثل - مشابه لـ
14.	书法	（名）	shūfǎ	خط

会 话 —II
الحوار (2)

(خالد لم يَحْضَر محاضرة الثقافة التي أُلقيت أمس، ويسأل خالد عن مضمونها)

艾哈迈德：哈立德，你昨天下午怎么没来听讲座？

哈立德　：我的同屋病得厉害，我送他去医院了。讲座怎么样？

艾哈迈德：讲座很有意思，讲的是汉字的变化和特点。老师姓赵，是武汉大学的教授。

哈立德　：听讲座的人多吗？

艾哈迈德：人很多。大家都听得非常认真，很多人都仔仔细细地记了笔记。

哈立德　：没去听，真遗憾！希望以后还有这样的机会。

艾哈迈德：星期四和星期五的下午还有两次文化知识讲座。

哈立德　：真的吗？

艾哈迈德：办公室那儿有通知。

哈立德　：太好了！我现在就去看一下儿通知。再见！

艾哈迈德：再见！

生　词
المفردات

1. 讲座	（名）	jiǎngzuò	محاضرة
2. 厉害	（形）	lìhai	شديد
3. 变化	（名、动）	biànhuà	تغير ـ تحول- يتغير- يتحول
4. 特点	（名）	tèdiǎn	خصائص
5. 仔细	（形）	zǐxì	دقيق
6. 地	（助）	de	كلمة مساعدة
7. 遗憾	（形）	yíhàn	أسف ـ ندم
8. 文化	（名）	wénhuà	ثقافة
9. 知识	（名）	zhīshi	معلومات

专　名
أسماء الأعلام

1. 武汉大学	Wǔhàn Dàxué	جامعة وو خان
2. 赵（姓）	Zhào	چاو

阅　读
المطالعات

特别的日子

今天早上，阿里起得很早。他只吃了两片面包，喝了几口牛奶就去上学了。妈妈问他："今天你怎么去得这么早？"阿里高高兴兴地说："今天中国文化周开幕，我和几个同学要去布置教室。"

伊曼也起得很早。她试了好几件衣服，最后才决定穿那件红色的旗袍。妈妈问她："今天是什么特别的日子？"她回答说："今天中国文化周开幕，我是学生代表，要代表学生发言。我得穿得漂亮点儿。"

生 词			
المفردات			
1. 起	（动）	qǐ	يستيقظ
2. 面包	（名）	miànbāo	خبز
3. 上学	（动）	shàngxué	يذهب إلى المحاضرة
4. 这么	（代）	zhème	هكذا- مثل هذا
5. 周	（名）	zhōu	أسبوع
6. 开幕	（动）	kāimù	افتتاح
7. 布置	（动）	bùzhì	يرتب- يجهز- يُعِد
8. 最后	（名）	zuìhòu	أخيرا
9. 回答	（动、名）	huídá	يجيب- إجابة
10. 代表	（名、动）	dàibiǎo	نائب - ينوب عن
11. 发言	（动）	fāyán	يلقي كلمة

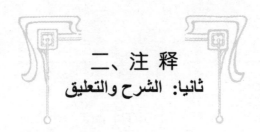

二、注 释
ثانيا: الشرح والتعليق

1. 这些是汉字？

这个句子通过疑问的语调表达说话人的惊讶，不是询问，句子的结构与陈述句相同。

لا يقصد بهذه الجملة توجيه السؤال، وإنما تستخدم لهجة السؤال في التعبير عن تعجب المتحدث، ويتساوى تركيب هذه الجملة مع تركيب الجملة الخبرية.

2. 这么早

　　"这么"在这里指示程度，后面跟形容词或者表示心理状态的动词。这种用法常常略带夸张的意味，使语言显得更加生动。例如：

"这么" تشير هنا إلى الدرجة، ويأتي بعدها صفة أو فعل يعبر عن الحالة النفسية، وهذا الاستخدام غالبا ما يحمل معنى المبالغة، ويجعل التعبير أكثر حيوية، مثل:

（1）这孩子这么可爱，大家一定都喜欢。

（2）你为什么这么怕他？

　　"这么"也可用来指示方式，后跟动词。例如：

تستخدم "这么" أيضا للإشارة إلى الطريقة، وفي هذه الحالة يتبعها فعل، مثل:

（3）去火车站可以这么走，你先……

（4）这么写不对。

三、语法

ثالثا: القواعد

1. 状态补语 المكمل المبين للحالة （1）：动+得+形容词（短语）

　　状态补语主要指动词后边用"得"连接的，表示动作结果、状态的补语，简单的状态补语通常由形容词（短语）充当。例如：

يصاغ المكمل المبين للحالة عن طريق استخدام الأداة "得" لربط الفعل مع العنصر الذي يأتي بعده في الجملة، ويعبر هذا المكمل عن نتيجة الحدث أو حالته، ودائما ما يتكون النوع البسيط منه عن طريق صفة أو عبارة وصفية تأتي بعد الفعل، مثل:

（1）A：伊曼今天穿得漂亮吗？

　　　B：她穿得非常漂亮。

（2）A：他汉语说得怎么样？

　　B：说得很流利（liúlì，بطلاقة）。

（3）A：阿里每天睡得晚不晚？

　　B：他睡得不太晚。

如果动词带有宾语，动词应该重复。例如：

في جملة المكمل المبين للحالة، إذا كان الفعل متعدي لمفعول، يجب تكرار الفعل، مثل：

（4）他打太极拳打得非常好。　　（× 他打太极拳得非常好。）

（5）伊曼写汉字写得很好看。　　（× 伊曼写汉字得很好看。）

实际运用中，第一个动词常省略。例如：

عند الاستخدام الفعلي لهذا النوع من الجمل غالبا ما يحذف الفعل الأول، مثل：

（6）他太极拳打得非常好。

（7）伊曼汉字写得很好看。

否定式 صيغة النفي：动+得+不+形。

（8）这件衣服洗得不干净。

（9）他太极拳打得不好。

2. 状语和结构助词"地" الحال وقواعد استخدام الكلمة المساعدة "地"

　　状语后面有的用"地"，有的不用"地"。描写主语（动作者）的一般要用"地"。例如：

الحال في اللغة الصينية أحيانا ما يقترن بالأداة "地"، وأحيانا أخرى لا يقترن بها، فعندما تكون وظيفة الحال وصف المسند إليه أو القائم بالفعل نستخدم "地"، مثل：

（1）同学们在认真地听课。

（2）林红不高兴地走了。

　　副词、时间词、介词短语作状语一般不用"地"。例如：

أما عندما يكون الحال كلمة ظرفية أو اسم زمان أو عبارة حرف جر لا نستخدم "地"، مثل：

（3）伊曼刚休息。

（4）大家星期五去踢足球。

（5）我<u>明天</u>给你打电话。

3. 双音节形容词重叠　　حالات تكرار الصفات ثنائية المقطع الصوتي

　　双音节形容词 AB 重叠的格式是 AABB，重叠后第二个音节 A 读轻声。双音节形容词重叠后作补语或状语时，一般要分别带上"的"和"地"。例如：

تتكرر الصفات ثنائية المقطع AB بصيغة AABB، وأثناء التكرار يقرأ المقطع A المكرر بنغمة خفيفة، وإذا جاءت الصفة المكررة في موقع المكمل أو الحال في الجملة يجب أن نستخدم "的" معها إذا كانت في موقع المكمل، و "地" إذا كانت في موقع الحال.

（1）衣服洗得干干净净的。

（2）你再仔仔细细地检查一遍吧。

（3）同学们都在认认真真地学习。

四、生 成 练 习
رابعا: مفردات ممتدة

【串词】سلاسل الكلمات

意思 ——	意义（yì）	意见	意外	意志（zhì）
	(مغزى)	(رأي)	(على غير المتوقع)	(إرادة)
最后 ——	以后	然后	背（bèi）后	落（luò）后
			(خلف الظهر)	(متخلف)
	后边	后天	后来	后悔（huǐ）
			(فيما بعد)	(يندم)
回答 ——	回来	回去	回头	回忆（yì）
	(يعود)	(يذهب)	(يستدير)	(يتذكر)
	回信	回声（shēng）	回应（yìng）	回收
	(يرد على خطاب)	(صدى الصوت)	(يستجيب)	(يسترد)

【搭配 الاقتران】

布置 + _____

　　教室　　房间　　会议室（huì yì shì, قاعة اجتماعات）

　　新房（غرفة العروسين）

传统 + _____

　　服装（fúzhuāng, ملابس- أزياء）　文化　　　　节日（عيد）

　　艺术（yì shù, فن）　　　　歌曲（gēqǔ, أغنية）戏剧（xì jù, مسرحية）

【替换 التباديل】

1. 他写得　　很快。

说	比较清楚
学	非常认真
写	慢极了
洗	很干净
听	不太明白

2. A：你朋友（说）汉语　　说得怎么样？　B：说得　　非常好。

（唱）歌	唱		唱	好听极了
（写）汉字	写		写	非常漂亮
（做）饭	做		做	很好
（踢）足球	踢		踢	比较好
（打）太极拳	打		打	不太好

3. 同学们在认真地　　　　　　练习口语。

认认真真	写汉字
轻松	聊着天儿呢
安静（ānjìng, هادئ）	看书
高兴	唱歌
着急	等着王老师

4. 你昨天怎么没来上课？

> 没有回宿舍
>
> 又给他打电话了
>
> 没去上班（لم يذهب للعمل）
>
> 拿了他的词典
>
> 没跟同学们说话

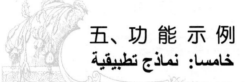

五、功 能 示 例

خامسا: نماذج تطبيقية

【遗憾　الأسف】

句 例　أمثلة

1. 真遗憾！

2. 太遗憾了！

会 话　حوار

（1）A：我非常想看这个电影，可是没有买到票，真遗憾！

　　　B：没关系，我有两张票，可以给你一张。

（2）A：昨天的电影很好看，你没来看，太遗憾了！

　　　B：是啊，我也觉得很遗憾。

【吃惊　التعجب – الدهشة】

句 例　أمثلة

1. 这些是汉字？

2. 真的吗？

会 话 حوار

（1）A：他知道这件事？

B：对，昨天艾哈迈德已经告诉他了。

（2）A：王小华今天穿的那件衣服只要五十多块钱。

B：真的吗？真便宜！

六、练 习

سادسا: التدريبات

（一）熟读下列音节　اقرا المقاطع الصوتية التالية

zhōu—chōu　　　zhuāng—chuāng　　fú—hú　　　　qí—jí

dǎ—tǎ　　　　　chuáng—qiáng　　　tǒng—dǒng　　yùn—jùn

màn—bàn　　　　zuì—cuì　　　　　bù—pù　　　　yóu—yáo

shūfǎ—chūbǎn　　yóuqí—yáochí　　　qípáo—chízǎo

fúzhuāng—húguāng　qípáo—cíyáo　　　chuántǒng—zhuǎnshǒu

jiǎngzuò—qiǎnggòu　qǐngjià—jǐngjià　　xiěfǎ—jiěmǎ

shàngxué—xiàngxué　dàibiǎo—tàishǎo　zuìhòu—cuìruò

（二）熟读下列短语　اقرأ العبارات التالية

穿得漂亮　　　　穿得不漂亮　　　穿得很漂亮　　　穿得漂漂亮亮

洗得干净　　　　洗得不干净　　　洗得很干净　　　洗得干干净净

看得仔细　　　　看得不仔细　　　看得很仔细　　　看得仔仔细细

学得认真　　　　学得不认真　　　学得很认真　　　学得认认真真

说得明白　　　　说得不明白　　　说得很明白　　　说得明明白白

打得快	打得不快	打得很快	字打得很快
开得好	开得不好	开得很好	车开得很好
做得好	做得不好	做得很好	菜做得很好
唱得好听	唱得不好听	唱得很好听	歌唱得很好听
写得好看	写得不好看	写得很好看	字写得很好看
睡得晚	睡得不晚	睡得很晚	（睡）觉睡得很晚
跳得好	跳得不好	跳得很好	（跳）舞跳得很好

（三）读音节写汉字，注意同音汉字的区别

حول المقاطع الصوتية التالية إلى رموز مع مراعاة الرموز المتشابهة في النطق

尤 qí____　　　　　biàn____化　　　　汉 zì____

qí____袍　　　　　方 biàn____　　　　zì____己

dàn____是　　　　dōng____西

dàn____糕　　　　dōng____天

（四）选字填空　　أكمل الجمل التالية مستعينا بإحدى الكلمات التي بين الأقواس

1. 这个汉字写_____了。　　　　　　　　　（错　　借）

2. _____家都听得很认真。　　　　　　　　（大　　太）

3. 我_____说一遍。　　　　　　　　　　　（在　　再）

4. 每年去埃及金字塔参观的游_____很多。　（容　　客）

5. 最近他工作忙得_____。　　　　　　　　（很　　跟）

（五）用括号中的词语完成下列句子　أكمل الجمل التالية مستعينا بما بين الأقواس

1. 阿里太极拳_____。　　　　（打　　不错）

2. 伊曼衣服_____。　　　　　（洗　　干净）

3. 我每天晚上睡觉_____。　　　　　（晚）

4. 刚才我已经_____。　　　　（说　　明白）

5. 她的房间＿＿＿＿＿＿＿＿＿＿＿＿＿。　　　（布置　漂亮）

6. 他今天＿＿＿＿＿＿＿＿＿。　　　（起　早）

（六）完成下列会话　　أكمل الحوار التالي

1. A：你汉语说得怎么样？

　　B：＿＿＿＿＿＿＿＿＿＿＿＿＿。

2. A：伊曼中文歌唱得怎样？

　　B：＿＿＿＿＿＿＿＿＿＿＿＿＿。

3. A：三班的男生足球踢得怎么样？

　　B：＿＿＿＿＿＿＿＿＿＿＿＿＿。

4. A：他＿＿＿＿＿＿＿＿＿＿＿＿？

　　B：他跳舞跳得很不错。

（七）选词填空　　أكمل الفراغات مستعينا بالكلمات التالية

　　地　　　　的　　　　得

　　昨天下午＿＿＿＿文化讲座很有意思。武汉大学＿＿＿＿赵老师给我们介绍了很多关于汉字＿＿＿＿故事。来听讲座＿＿＿＿人很多，大家都听＿＿＿＿很认真，很多同学还仔细＿＿＿＿记了笔记。听完讲座以后，大家都觉得学到了很多东西。

　　艾哈迈德＿＿＿＿同屋头很疼，他送同屋去医院了，所以没有听讲座，他很遗憾。哈立德告诉他还有两次讲座，艾哈迈德听了高兴说："那太好了！"

（八）根据会话 I 内容回答下列问题

أجب عن الأسئلة التالية طبقا لما ورد بنص الحوار (1)

1. 伊曼今天穿得漂亮吗？

2. 伊曼今天穿了一件什么衣服？

3. 这件衣服上有字吗？什么字？

4. 阿里认识这个字吗？

5. 这个字的意思是什么？

6. 这些字都一样吗？

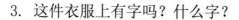

（九）翻译下列句子　ترجم الجمل التالية

1. 他汉语说得很好。

2. 王小华唱歌唱得真好听！

3. 伊曼今天穿得很漂亮。

4. 我买到了那本词典。

5. 他高高兴兴地走了。

（十）看图说话　　تحدث مستعينا بالصور التالية

参考词语：干净　　整齐　　正在　　从　　借到　　高高兴兴

（十一）汉字笔顺练习　　تدريبات على ترتيب الخطوط داخل الرموز الصينية

么						

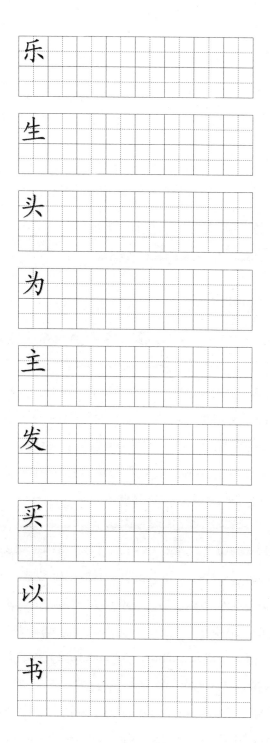

 （十二）指出下列汉字的形旁和声旁

استخرج الأجزاء الممثلة للصورة والأجزاء الممثلة للصوت في الرموز التالية

哦　袍　憾　置　装　运　锻　议

七、中国文化知识
سابعا: معلومات عن الثقافة الصينية

四合院　المربعات السكنية

المربعات السكنية هي السكن التقليدي لأهل الشمال في الصين، وتعد المربعات السكنية الموجودة في بكين خير نموذج يعبر عن هذا الأسلوب السكني.

تتميز عمارة المربعات السكنية بأنها معزولة نسبياً عن الخارج حيث تبدو وكأنها عالم صغير مغلق قائم بذاته، تتضمن هذه المربعات عددا من الساحات الداخلية والخارجية المتباينة في الحجم. ويهتم الصينيون اهتماما كبيرا باتجاهات المباني حيث تأخذ اتجاها موازيا للشمال والجنوب. ويتجه المدخل الرئيس للمربع السكني ناحية الجنوب، ويحتل الجزء الواقع جنوب شرق المربع بكامله، وبعد الدخول من البوابة يوجد جدار حاجب للرؤية أمامه منصة حجرية عليها عدد من أصص الزرع والأزهار المختلفة. وخلف الجدار تقع الباحة الأمامية وهى تتميز بالبساطة وتستخدم كمدخل، كما تستخدم لاستقبال الضيوف. أما الباحة الداخلية فهي العالم الذي يعيش فيه أهل المنزل معاً، وهى عبارة عن فناء مستطيل الشكل يفصل بينه وبين الباحة الأمامية باب، ويقع في مقدمة الفناء الجناح الرئيس الذي يقطنه جيل الآباء، أما جيل الأبناء فيقطن الغرف الجانبية. ويزرع أهل البيت في ساحة المربع السكني ما يريدون من النباتات والأزهار ويربون الأسماك والطيور، مما يخلق جوا من الانسجام بين الإنسان والطبيعة. المربع السكنى عبارة عن بيت من طابق واحد يبعد إلى حد ما عن الشارع الرئيس. وقديما كانت المربعات السكنية التي تعيش فيها العائلات الأرستقراطية ذات لون أحمر زاه، أما المربعات السكنية التي يعيش فيها عامة الشعب فكانت تشيد بقرميد ذو لون رمادي غامق وهى تتميز بالبساطة والأناقة في آن واحد. والآن أصبحت المربعات السكنية التي تعيش بها عائلة واحدة نادرة للغاية حيث كثرت المربعات السكنية التي يعيش فيها العديد من العائلات يصل عددها إلى بضع عشرة عائلة يعيشون معا في انسجام تام.

第二十五课　走，锻炼锻炼去

الدرس الخامس والعشرون: فلنذهب لممارسة التمرينات الرياضية

一、课文

أولا: النص

(المشهد: في فترة بعد الظهر بعد انتهاء المحاضرات، علي يدعوا أحمد إلى اللعب بكرة السلة)

阿里　　　：艾哈迈德，走，锻炼锻炼去。

艾哈迈德：我不想锻炼。我觉得很累，浑身没劲儿。

阿里　　　：去吧，运动一下对你有好处。

艾哈迈德：可我现在只想睡觉。

阿里　　　：最近你锻炼得太少，从早到晚一直在学习，所以觉得累。
　　　　　　你得多运动运动。

艾哈迈德：没办法，这两个星期的课非常难，学习任务太重了。

阿里　　：可是你现在没看书啊。

艾哈迈德：现在我是没看书，可我得休息。

阿里　　：睡觉是一种休息，运动也是一种休息——让你的脑袋休息。

艾哈迈德：好吧，好吧，听你的，去操场锻炼锻炼。

阿里　　：我们先痛痛快快地打一场篮球，再舒舒服服地洗个澡。我保证你今天晚上做个好梦。

生　词

المفردات

1.	浑身	（名）	húnshēn	بكامل جسده
2.	劲	（名）	jìn	طاقة ـ قوة ـ نشاط
3.	好处	（名）	hǎochu	فائدة
4.	可	（连）	kě	لكن
5.	一直	（副）	yìzhí	دائما ـ باستمرار
6.	办法	（名）	bànfǎ	طريقة ـ وسيلة
7.	任务	（名）	rènwù	مهمة
8.	重	（形）	zhòng	ثقيل
9.	脑袋	（名）	nǎodai	عقل
10.	操场	（名）	cāochǎng	ملعب
11.	痛快	（形）	tòngkuài	في غاية السعادة ـ مسرور جدا
12.	篮球	（名）	lánqiú	كرة السلة
13.	保证	（动、名）	bǎozhèng	يضمن ـ ضمان
14.	做梦	（动）	zuòmèng	يحلم
	梦	（名）	mèng	حلم

会话一 II
الحوار (2)

(المشهد: في نهاية الأسبوع، إيمان ودينا تتحدثان في حجرتهما)

伊曼：今天晚上，学校礼堂是不是要放电影？

迪娜：是的。你想去看吗？

伊曼：对，我想去。这几天学习太紧张了，看一场电影可以让自己放松放松。

迪娜：你说得对。不过，我得提醒你，明天上午有听力测验。你准备好了吗？

伊曼：我差点儿忘了！谢谢你的提醒。那我得再复习复习。

(إيمان تبحث عن الكتاب في الحال لتبحث فيه)

迪娜：不用这么着急。咱们先去外边散散步，回来以后再一起学习，怎么样？

伊曼：我怕时间不够。

迪娜：别担心。我们就在宿舍周围走走，呼吸呼吸新鲜空气，很快就回来。

伊曼：咱们八点钟一定得回来。

迪娜：放心，一定！

生　词
المفردات

1. 礼堂	（名）	lǐ táng	قاعة الاحتفالات
2. 放松	（动）	fàngsōng	يستريح - يسترخي
3. 测验	（名、动）	cèyàn	اختبار - يختبر
4. 差点儿	（副）	chàdiǎnr	كلمة ظرفية بمعنى على وشك
5. 回来		huí lái	يعود
6. 担心	（动）	dānxīn	يقلق
7. 周围	（名）	zhōuwéi	محيط
8. 呼吸	（动）	hūxī	يتنفس
9. 新鲜	（形）	xīnxiān	نقي - منعش - طلق - طازج
10. 空气	（名）	kōngqì	هواء

阅　读
المطالعات

友谊比赛

　　下星期四，中文系和法语系的男生要比赛篮球。在我们学校，这两个系的男生篮球打得最好，他们常常进行友谊比赛。

　　两个队的水平差不多，有时候中文系赢，有时候法语系赢。不过，最近一个月，中文系已经输了两场了。

　　阿里是中文系的篮球队长，他对大家说："今天下午咱们一起商量商量，想一个好办法。这次，咱们一定得赢他们！"

生　词

المفردات

1.	友谊	（名）	yǒuyì	الصداقة
2.	男生	（名）	nánshēng	الأولاد
	女生	（名）	nǔshēng	البنات
3.	法语/法文	（名）	Fǎyǔ/Fǎwén	اللغة الفرنسية/ اللغة الفرنسية المكتوبة
4.	进行	（动）	jìnxíng	يقيم - يجري
5.	队	（名）	duì	فريق
6.	水平	（名）	shuǐpíng	مستوى
7.	差不多	（形）	chàbuduō	تقريبا
8.	赢	（动）	yíng	يفوز
9.	输	（动）	shū	يخسر
10.	队长	（名）	duìzhǎng	قائد الفريق(كابتن الفريق)
11.	商量	（动）	shāngliang	يتشاور

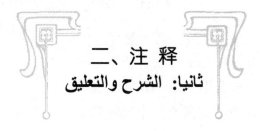

二、注 释

ثانيا: الشرح والتعليق

1. 现在我是没看书

"是"有"的确"的意思，表示强调。如果后接带有转折连词的分句时，则表示让步，有"虽然"的意思。例如：

كلمة "是" لها معنى "的确" ، وتعبر عن التأكيد. إذا جاءت بعدها جملة فرعية تحتوي على حرف عطف يحمل معنى التحول فإن معناها يتغير إلى "虽然" أي " على الرغم من".

（1）现在我的汉语是不太好，可我相信我一定能学好。

（2）这药是很难吃，不过它能治好你的病。

2. 听你的

表示同意、接受对方的意见，愿意按照对方的意见办。

هذه العبارة معناها الموافقة وتقبل رأي الطرف الآخر، والرغبة في العمل حسب رؤيته.

3. 我差点儿忘了

"差点儿"可用于表示不希望出现的事情几乎出现，而最终没有出现，有庆幸的含义。例如：

"差点ر" يمكن أن تستخدم للتعبير عن أن شيئا غير مرغوب فيه كان على وشك الحدوث، ولكنه لم يحدث لحسن الحظ.

（1）我差点儿写错了。

（2）我今天早上差点儿迟到（chí dào，يتأخر）。

三、语 法
ثالثاً: القواعد

1. 双音节动词重叠　تكرار الأفعال ثنائية المقطع الصوتي

双音节动词 AB 的重叠形式是 ABAB，第二、第四个音节读轻声。和单音节动词重叠不同，双音节动词重叠时中间不能加"一"或"了"。例如：

الأفعال ثنائية المقطع AB يتم تكرارها بصيغة ABAB ، مع مراعاة قراءة المقطع الثاني والرابع بنغمة خفيفة. وصيغة التكرار في هذا النوع من الأفعال تختلف مع صيغة تكرار الفعل أحادي المقطع، حيث لا يمكن أن يحتوى الفعل المكرر على "—" أو "了" ، مثل:

（1）你去检查检查身体。

比较：你去量（一）量体温。

（2）我们复习复习课文吧。

　　　　比较：我们看（了）看课文。

双音节动词重叠也表示时量短、动量小，有时带有轻松的意味。例如：

الفعل ثنائي المقطع عندما يتكرر فإنه يعني قصر زمن حدوث الفعل، وأحيانا تحمل صيغة التكرار معنى الراحة، مثل:

（3）好吧，听你的，去操场锻炼锻炼。

（4）看电影可以让自己放松放松。

2. 离合词　الأفعال المتباعدة

汉语中有些动词中间可以嵌入数量、"了"等成分，叫离合词。例如：

هناك بعض الأفعال في اللغة الصينية يمكن أن يدخل في تركيبها الداخلي كلمات معبرة عن العدد، أو الرمز " 了 " ، وهذا النوع من الأفعال يطلق عليه الأفعال المتعدية بغيرها، مثل:

　　见面　　洗澡　　睡觉　　跳舞　　上课　　散步　　做客

1）离合词一般不能带宾语，不能说：

والأفعال المتعدية بغيرها في اللغة الصينية لا يمكن أن يأتي معها مفعولا مباشرًا، فلا يصح أن نقول:

　　　　✕　我要去见面一个朋友。

如果离合词表示的行为涉及一个对象，往往通过介词来表达。上面这句话可以说成：

إذا كان هناك حاجة إلى وجود مفعول به في الجملة التي بها مثل هذا النوع من الأفعال، فإن هذا المفعول يأتي مقترنا بحرف جر، مثل:

　　　　√　我要去和一个朋友见面。

2）离合词与动量成分组合时，动量成分要插在离合词中间。例如：

إذا أتى مع هذا النوع من الأفعال مكمل مبين لعدد مرات الفعل، فإن هذه العناصر توضع بين المقطعين الصوتيين الذين يتكون منهما الفعل، مثل:

　　√　我和他见了一次面。　　　✕　我和他见面了一次。

　　√　我们一星期跳两次舞。　　✕　我们一星期跳舞两次。

3）离合词的重叠形式为 AAB 式，如“睡睡觉”、“散散步”。

صيغة التكرار لهذا النوع من الأفعال هـي AAB، مثل: "睡睡觉" و "散散步".

3. 用“是不是”的问句　جملة الاستفهام بصيغة "是不是"

如果提问的人对某一事实或情况有比较肯定的估计，为了进一步证实，可以使用这种形式的问句来提问。“是不是”一般放在谓语之前，也可以放在句首或句尾。例如：

إذا كان السائل لديه تقدير مؤكد حول شيء ما، فيمكنه أن يستخدم هذه الصيغة من صيغ السؤال لزيادة الإثبات، وتوضع "是不是" قبل المسند في الجملة، كما يمكن أن توضع في أول الجملة، مثل:

(1) 最近王老师是不是很忙？

(2) 你们明天是不是要去公园玩儿？

(3) 你们是不是赢了？

(4) 是不是你们赢了？

(5) 你们赢了，是不是？

与例（3）比较，例（4）强调“你们”，例（5）肯定的程度更大些。

لهجة التأكيد حول الضمير "你们" في المثال (4) والمثال (5) أقوى إذا ما قورنت بالمثال (3).

四、生成练习

رابعا: مفردات ممتدة

【串词】 سلاسل الكلمات

篮球 —— 足球	排（pái）球	乒乓（pīngpāng）球
	(كرة سلة)	(كرة طاولة)
网球	手（shǒu）球	羽毛（yǔmáo）球
(كرة تنس)	(كرة يد)	(كرة الريش)

测验 —— 化验	实（shí）验	检验	试验
(تحليل)	(تجربة - اختبار)	(فحص)	(تجربة- اختبار)
进行 —— 进步	进攻（gōng）	进口	进修
(تقدُم)	(يهجم)	(يستورد)	(دراسة)
队长 —— 组（zǔ）长	班长	厂（chǎng）长	
(رئيس فريق)	(رائد فصل)	(مدير مصنع)	
校长	部长		
(رئيس جامعة)	(وزير)		

【搭配】(الاقتران)

差点儿 + _____

　　忘了　　　输了　　　　没写完

进行 + _____

　　比赛　　　检查　　　　讨论　　　试验

　　手术（shǒushù，عملية جراحية）　　　研究（yánjiū，يبحث في）

　　建设（jiànshè，يؤسس）　　　改革（gǎigé，ثورة إصلاحية）

新鲜 + _____

　　空气　　　食物　　　　水果　　　蛋糕

　　蔬菜（shūcài，خضروات）　　　羊肉（yángròu，لحم ضاني）

【替换】(التباديل)

1. 你是不是想去看电影？

> 没有弟弟妹妹
> 觉得这件衣服太贵
> 在预习新课文
> 不喜欢和我们一起玩
> 帮助了他
> 身体不舒服

2. <u>你</u>　　　<u>很累</u>，是不是？

王老师	会说阿拉伯语
大家	都想参加这次比赛
这种香蕉	很好吃
阿里	篮球打得不错
这孩子	不喜欢吃巧克力

3. 你得<u>多运动运动</u>。

| 去医院看看 |
| 准时来我这儿 |
| 认真准备一下儿 |
| 打电话问问他 |
| 先通知他的爸爸妈妈 |

五、功 能 示 例
خامسا: نماذج تطبيقية

【要求 الطلب】

句 例 أمثلة

1. 你得多运动运动。

2. 这次，咱们一定得赢他们！

会 话 حوار

　　A：妈妈，我想明天去上课。

　　B：不行，你的病还没有好，得多休息。

【劝慰】 ［تعزية - مواساة］

句 例 ［أمثلة］

1. 别担心。

2. 放心吧。

会 话 ［حوار］

（1）A：林红，我已经三天没有上课了，怎么办？

B：别担心，我可以帮助你。现在，你应该好好休息。

（2）A：这本书很重要，你要认认真真地看几遍。

B：放心吧，我一定认真看。

六、语法 小结
سادسا: ملخص القواعد

1. 疑问句　　الجملة الاستفهامية

疑问句是用来提出问题的句子，可以分为如下四类：

الجملة الاستفهامية هي الجملة التي تستخدم بغرض السؤال عن شيء ما، وتنقسم إلى أربعة أقسام:

1）是非问句　　جملة الاستفهام التي يجاب عنها بنعم أو لا

A. 句末不用语气助词，疑问由语调表达，句末语调高扬。例如：

أ- النوع الأول لا تحتوى نهاية الجملة فيه على أداة استفهام، وتعتمد الجملة أساسا على اللهجة في إلقاء السؤال، وتكون نغمة نهاية الجملة طويلة إلى حد ما، مثل:

（1）他们在看电影？

（2）你想去中国旅游？

（3）明天是晴天？

B. 句末用语气助词"吗"、"吧"，句末语调高扬。例如：

ب- النوع الثاني تحتوى نهاية الجملة فيه على كلمات اللهجة "吗" أو"吧" ، وتكون نغمة نهاية الجملة طويلة إلى حد ما، مثل:

（1）王老师会说阿拉伯语吗？

（2）他常常给家里写信吗？

（3）王老师是中国人吧？

当提问的人对某一事实或情况有了某种估计，但又不能完全肯定时用"吧"，不用"吗"，如例（3）。

إذا كان السائل لديه توقع حول الشيء الذي يسأل عنه، ولكنه لا يستطيع أن يجزم بذلك، فإنه يستخدم "吧" بدلا من "吗" ، مثل السؤال رقم (3) .

C. 用"……，好吗/行吗/对吗/可以吗"提问。例如：

جـ النوع الثالث يكون باستخدام صيغة "……, 好吗/行吗/对吗/可以吗" لإلقاء السؤال، مثل:

（1）我们放假以后一起去北京旅游，好吗？

（2）我用一下你的词典，行吗？

（3）我想休息一下儿，可以吗？

（4）"埃及"的"埃"字这样写，对吗？

回答时，肯定形式用"好"、"行"、"对"、"可以"，否定形式用"不"、"不行"、"不对"。

عند الإجابة بالإثبات نستخدم "好" أو "行" أو "对" أو "可以" ، وعند الإجابة بالنفي نستخدم "不" أو "不行" أو "不对".

2）特指问句　　جملة الاستفهام باستخدام الضمائر

A. 用疑问代词提问。例如：

أـ السؤال باستخدام ضمائر اللاستفهام، مثل:

（1）谁是你们的经理？

（2）您想喝点儿什么？

（3）艾哈迈德是哪个国家的人？

B. 用"名/代+呢"提问。例如：

بـ الاستفهام بالأسماء أو الضمائر الشخصية + 呢، مثل:

（1）我的书呢？　（＝我的书在哪里？）

（2）白经理呢？

（3）李翻译身体很好，王翻译呢？　（＝……，王翻译身体怎么样？）

（4）我要去上海旅游，你呢？

3）正反问句　　**جملة الاستفهام بالنفي والإثبات**

A. 用"……不/没……"提问。例如：

أ- باستخدام صيغة، "……不/没……" ، مثل:

（1）王老师去不去？

（2）你看没看这个电影？

（3）汉字难不难？

口语中也可以只在句末用"不"或"没有"。例如：

في اللغة الشفهية يمكن الاكتفاء بوضع "不" أو "没有" في آخر الجملة، مثل:

（4）王老师去不？

（5）你翻译了课文没有？

B. 用"是不是"提问。例如：

ب- باستخدام صيغة "是不是" ، مثل:

（1）你是不是想去看王老师？

（2）林红是不是没看这个电影？

这种正反问句相当于句末用"吧"的是非问句。

هذا النوع من أنواع جمل الاستفهام يتساوى مع جملة الاستفهام التي تستخدم معها كلمة اللهجة

"吧"

C. 用"……，好不好/行不行/对不对"等提问。跟用"……，好吗/行吗/对吗"的是非问句一样。例如：

جـ - باستخدام صيغية "……, 好不好/行不行/对不对" ، وهذه الصيغة تتساوى مع صيغة

"……, 好吗/行吗/对吗"، مثل:

（1）明天我们一起去踢足球，好不好？　　（= ……，好吗？ ）

（2）借我一千元钱，行不行？　　　　　　（= ……，行吗？ ）

4）选择问句　　**جملة الاستفهام الاختياري**

用"（是）……还是……"提问。例如：

تكون باستخدام صيغة "（是）……还是……" ، مثل:

（1）今天是星期二还是星期三？

（2）艾哈迈德是去上海，还是去北京？

（3）是你喝咖啡，还是他喝咖啡？

2. 汉阿疑问句的主要差别　　الفروق الأساسية بين الجملة الأستفهامية في اللغتين الصينية والعربية

1）疑问词的位置不同

اختلاف موقع أدوات الاستفهام في الجملة بين اللغتين

A. 汉语的"吗"在句末，阿语"هل"和"أ"在句首。例如：

تقع أداة الاستفهام الصينية "吗" في آخر الجملة الاستفهامية، أما في اللغة العربية فتحتل الأداة "هل"،
و "أ" الاستفهامية أول الجملة، مثل:

（1）你认识阿里<u>吗</u>？　　　　　　**أتعرف علي؟**

（2）易卜拉欣来了<u>吗</u>？　　　　　　**هل أتى إبراهيم؟**

B. 阿语疑问代词通常在句首，汉语不一定。例如：

ضمائر الاستفهام في اللغة العربية تتصدر الجملة دائما، أما في اللغة الصينية فليس بالضرورة أن يتصدر
ضمير الاستفهام الجملة، مثل:

（1）你读了<u>几</u>本书？　　　　　　　**<u>كم</u> كتابا قرأت؟**

（2）你<u>在哪儿</u>学习阿拉伯语？　　**<u>في أى مكان</u> تعلمت اللغة العربية؟**

（3）<u>谁</u>来？　　　　　　　　　　　　**<u>من</u> أتى؟**

（4）你<u>什么时候</u>访问开罗？　　　　**<u>متى</u> ستزور القاهرة؟**

　　　<u>什么时候</u>你访问开罗？

2）汉语选择问句用"是……还是……"，"是"通常在主语之后，有时也可
以省略；阿语用"هل / أ……أم……"、"هل / أ"位于句首，通常不能省略。例如：

2) جملة الاستفهام الاختياري في اللغة الصينية تستخدم صيغة "是……还是……" ، ومن الممكن
أن يأتي الفعل "是" بعد المسند إليه أو يحذف؛ أما اللغة العربية فتستخدم "هل" أو "أ" ، ولا يمكن
حذفهما، مثل:

（1）阿里（是）来了还是没有来？　　　　**هل أتى علي أم لا؟**

（2）你（是）在写信还是在做练习？　　**أتكتب خطابا أم تكتب الواجب؟**

（3）他（是）星期四去旅行还是星期五去？

هل سيذهب في رحلة يوم الخميس أم يوم الجمعة؟

3）特指问句阿语都用疑问代词，汉语也大都要用疑问代词，但也可以用语气助词"呢"，如"名/代+呢"句式，"呢"在这儿大体相当于"أين"或"وماذا عن"。例如：

3) هذا النوع من الجمل في اللغة العربية غالبا مايحتوى على ضمائر الاستفهام، أما اللغة الصينية فمعظم هذا النوع من الجمل يستخدم ضمائر الاستفهام، إلا أنه من الممكن استخدام الكلمات المعبرة عن اللهجة مثل: "名/代+呢" أو "呢" ، وكلمة "呢" هنا معناها " أين " أو " وماذا عن"

（1）你的书呢？

（2）爸爸身体很好，妈妈呢？

4）汉语正反问句的一般格式"动+不/没+动"和"形+不+形"，在阿语中没有对应形式。

4) الصيغتان المتعارف عليهما في جــــملة الاستفهام بالنفي والإثبات هما : "动+不/没+动" و "形+不+形" ، وهاتان الصيغتان ليس لهما مقابل في اللغة العربية.

七、功能小结
سابعا: ملخص النماذج التطبيقية

句 例 أمثلة

【**通知** إعلان إخطار】

下星期一，学校要组织（zǔzhī，**ينظم**）一次身体检查，请大家在星期一早上八点以前到学校医院。

【**问路** السؤال عن الطريق】

请问，去最近的银行怎么走？

【**开始话题**】 المبادئة بالحديث

你们知道吗？王老师的爱人（àiren, **زوجة**）上星期来埃及了。

【**遗憾**】 الأسف

真遗憾！

【**吃惊**】 الدهشة ـ التعجب

真的吗？

【**要求**】 الطلب

每个人都得参加。

【**劝慰**】 التعزية ـ المواساة

放心吧。

| 综合会话 | حوارات شاملة |

（1）

(المشهد: الدكتور چاو قرأ إعلانا يطلب من الأساتذة الذهاب لتوقيع الكشف الطبي، فذهب لإخبار الدكتور وانغ)

赵老师：你知道吗？下星期一上午要检查身体。

王老师：我还没有接到通知。

赵老师：我刚才去办公室，看见那儿有个通知。通知说，下星期一上午，学校要组织一次身体检查。

王老师：我们都得参加吗？

赵老师：是的，每个人都得参加。通知说，我们得在早上八点以前到学校医院。

王老师：能不能吃早饭？

赵老师：不能吃早饭。

王老师：可是，星期一上午10点我还有课，不吃早饭怎么行？

赵老师：放心吧。通知说，学校给我们准备了牛奶和面包，检查完了就可以吃。

（2）

(المشهد: سائح يسأل أحد المارة عن مكان البنك)

游客：请问，去最近的银行怎么走？

行人：让我想想……前边有一家，离这儿两百多米。

游客：谢谢您！

行人：不客气。不过，那是一家小银行，现在是中午，可能不开门。

游客：那怎么办？我得马上换点儿钱。

行人：您可以坐 45 路公共汽车去解放广场，那儿有好几家银行。

游客：太感谢您了！

行人：不客气，再见。

（3）

(المشهد: أحمد يخبر دينا بأن زوجة الدكتور وانغ جاءت إلى مصر)

艾哈迈德：你知道吗？王老师的爱人上星期来埃及了。

迪娜　　：真的吗？她也来我们学校工作吗？

艾哈迈德：不，她来开罗开一个会。

迪娜　　：我真想认识一下王老师的爱人。明天下课以后，我们去王老师家吧。

艾哈迈德：王老师的爱人昨天已经回中国了。她开完会就走了。

迪娜　　：真遗憾！

艾哈迈德：王老师说，他爱人下个月还要来埃及。你还有机会。

迪娜　　：那太好了！

八、练习
ثامنا: التدريبات

（一）熟读下列音节　اقرأ المقاطع الصوتية التالية

shū—chū　　yǐng—jǐng　　kě—gě　　tòng—dòng

cè—zè　　jìn—qìn　　zhòng—chòng

yùndòng—jùtòng　　bànfǎ—pànfá

cāochǎng—zǎoshang　　tòngkuài—dònghài

dānxīn—dāngxīn　　zhōuwéi—chòuwèi

xīnxiān—jīntiān　　kōngqì—gōngjù

duìzhǎng—tuìchǎng　　jìnxíng—qīngxǐng

nánshēng—nánxìng　　yǒuyì—yóuyù

（二）熟读下列词语　اقرأ العبارات التالية

检查	检查检查	好好（地）检查检查	得好好（地）检查检查
准备	准备准备	好好（地）准备准备	得好好（地）准备准备
讨论	讨论讨论	好好（地）讨论讨论	得好好（地）讨论讨论
预习	预习预习	好好（地）预习预习	得好好（地）预习预习
表演	表演表演	好好（地）表演表演	得好好（地）表演表演
参观	参观参观	好好（地）参观参观	得好好（地）参观参观
商量	商量商量	好好（地）商量商量	得好好（地）商量商量
感谢	感谢感谢	好好（地）感谢感谢	得好好（地）感谢感谢
放松	放松放松	好好（地）放松放松	得好好（地）放松放松

（三）读音节写汉字，注意同音汉字的区别

حول المقاطع الصوتية التالية إلى رموز مع مراعاة الرموز المتشابهة في النطق

jiàn＿＿议	bǐ＿＿较	gǎn＿＿快
jiàn＿＿面	bǐ＿＿记	gǎn＿＿觉

洗 zǎo＿＿	nán＿＿生	yǒu＿＿谊
zǎo＿＿上	nán＿＿边	yǒu＿＿事

（四）用括号中的词语完成下列句子

أكمل الجمل التالية مستعينا بالكلمات التي بين الأقواس

1. 我们先做作业，＿＿＿＿＿＿＿＿＿＿。　　　　（然后）
2. ＿＿＿＿＿＿＿＿＿＿，看看还有没有问题。　　（检查检查）
3. 昨天的比赛你们＿＿＿＿＿＿＿＿＿＿＿？　　　（是不是）
4. 星期五迪娜＿＿＿＿＿＿＿，＿＿＿＿＿＿＿。　（有时候）
5. 他们两个人＿＿＿＿＿＿＿＿＿＿＿。　　　　　（差点儿）

（五）完成下列会话　　أكمل الحوار التالي

1. A：他会说汉语吗？
   B：＿＿＿＿＿＿＿＿。
   A：他汉语说得怎么样？
   B：＿＿＿＿＿＿＿＿。

2. A：迪娜汉字写得很不错，是不是？
   B：＿＿＿＿＿＿＿＿。
   A：你呢？
   B：＿＿＿＿＿＿＿＿。

3. A：这些练习也得做吗？
   B：＿＿＿＿＿＿＿＿。

A：你做了吗？

B：＿＿＿＿＿＿＿＿＿。

4. A：＿＿＿＿＿＿＿＿＿＿？

B：今天晚上我得好好复习课文，明天有考试。

（六）根据阅读课文内容回答问题　　أجب عن الأسئلة التالية طبقا لما ورد بنص المطالعات

1. 这是一场什么比赛？

2. 是哪个系和哪个系的比赛？

3. 两个队的水平怎么样？

4. 最近一个月，哪个队输了两场？

5. 谁是中文系的篮球队长？

（七）翻译下列问句　　ترجم الجمل التالية

1. 王小华是中国留学生吗？

2. 这次考试你考得不错吧？

3. 你是哪个大学的学生？

4. 星期五你常常做什么？

5. 谁教你们汉语？

6. 王小华是留学生，林红呢？

7. 阿里是埃及人还是也门人？

8. 明天你们上不上课？

9. 这本书你觉得怎么样？

10. 我们一起去吃晚饭，好吗？

11. 老师还没来？

12. 他回答得对不对？

13. 对你们来说，汉字很难，是不是？

14. 你练习做完了没有？

（八）选词填空　أكمل الفراغات مستعينا بالكلمات التالية

有点儿　　差点儿　　担心　　放心　　放松

1. 我觉得昨天的考试_____难。

2. 对不起，我_____忘了，明天我有事，不能跟你去书店。

3. 你_____，明天我一定会考好。

4. 昨天晚上你没回宿舍，大家都很_____。

5. 这几天学习太紧张了，明天没有课，我们得好好_____一下。

（九）交际练习　تدريبات على التواصل اللغوي

1. 你刚看到关于举办中国文化周活动的通知，请把这个消息转告你
的朋友。

1- قرأت منذ قليل إعلانا عن الأسبوع الثقافي الصيني، من فضلك انقل هذا الخبر إلى صديق.

2. 你打算去邮局，但不知道怎么走，请询问别人。

2- تريد أن تذهب إلى مكتب البريد ولا تعرف الطريق، من فضلك اسأل أحد الأشخاص عن ذلك.

3. 你同屋的病还没好，可他担心耽误太多的课，想明天就去上课，
请尽量劝阻他。

3- زميلك في الحجرة لم يشف تمامًا من مرضه، إلا أنه يريد العودة غدًا إلى الدراسة حتى لا يفوته عددًا
كبيرًا من المحاضرات، من فضلك افعل ما في وسعك لنصحه بألا يفعل ذلك.

（十）汉字笔顺练习　تدريبات على ترتيب الخطوط داخل الرموز الصينية

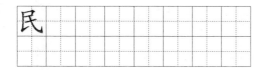

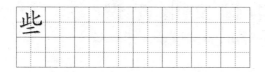

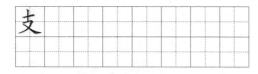

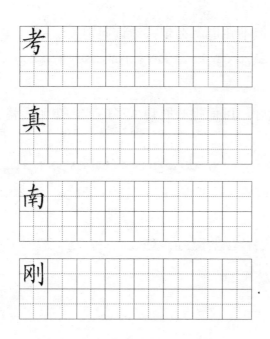

考

真

南

刚

（十一）指出下列汉字的形旁和声旁

استخرج الأجزاء الممثلة للصورة والأجزاء الممثلة للصوت في الرموز التالية

任　痛　围　谊　担　呼　境　证

九、中国文化知识
تاسعا: معلومات عن الثقافة الصينية

للتقويم القمري　农历

يعد التقويم الميلادي هو الطريقة العالمية لحساب السنين؛ حيث تُحسب السنة بأنها الفترة التي تستغرقها الأرض في الدوران حول الشمس وهى تستغرق في العادة 365 يوما وتسمى السنة البسيطة أو تستغرق 366 يوماً وتسمى السنة الكبيسة وتقسم السنة في هذا التقويم إلى اثني عشر شهراً. أما التقويم القمري فهو طريقة قديمة تقليدية يستخدمها الصينيون ويبلغ عمر استخدام هذا التقويم اليوم أكثر من أربعة آلاف سنة، والتقويم القمري يقوم على دوران القمر حول الأرض؛ حيث يُحسب الشهر بأنه الفترة التي

يستغرقها دوران القمر حول الأرض وقد يكون شهراً كبيساً أي 30 يوماً أو شهراً بسيطاً أي 29 يوماً. وتقسم السنة حسب هذا التقويم إلى اثني عشر شهراً مثل السنة الميلادية، والعام حسب هذا التقويم 355 يوما أو 354 يوما، أي أقل من التقويم الميلادي بـ 11 يوما. وحالياً يستخدم الصينيون التقويمان الميلادي والقمري، مع العلم أن جميع الأعياد التقليدية الصينية تُحسب بالتقويم القمري.

第二十六课　驾驶执照您还没给我呢

الدرس السادس والعشرون: إنك لم تُعِد إليَّ رخصة القيادة بعد

一、课文

أولا: النص

(المشهد: المدير باي يقود سيارته ويذهب إلى المطار لاستقبال فوجا سياحيا، فيوقفه شرطي المرور لأنه كسر إشارة المرور)

警　察：先生，您闯红灯了。

(المدير باي يكتشف أنه تجاوز بالفعل إشارة المرور)

白经理：对不起，我没注意。

警　察：开车的时候，司机必须注意交通信号。

白经理：是，是。我刚才正在打电话。

警　察：您不应该在开车的时候打电话，这样非常危险。

白经理：真对不起，我有急事……

（الشرطي يقاطع المدير باي أثناء حديثه）

警　察：让我看一看您的驾驶执照……啊，您是中国人。

白经理：对，我在一家中国旅行社工作。

警　察：您以后一定要遵守交通规则。

白经理：以后我一定注意。

（الشرطي يحرر مخالفة للمدير باي）

警　察：您去交罚款吧。

白经理：我的驾驶执照您还没给我呢。

警　察：交了罚款以后再给您。

生　词
المفردات

1. 驾驶执照		jiàshǐ zhízhào	رخصة قيادة
驾驶	（动）	jiàshǐ	ُيسَيِّر
执照	（名）	zhízhào	رخصة
2. 警察	（名）	jǐngchá	شرطي
3. 先生	（名）	xiānsheng	سيد- السيد
4. 闯红灯		chuǎng hóng dēng	يكسر إشارة المرور
闯	（动）	chuǎng	يقتحم- يندفع
灯	（名）	dēng	مصباح - ضوء - نور
5. 注意	（动）	zhùyì	ينتبه إلى
6. 必须	（副）	bìxū	يجب أن
7. 交通	（名）	jiāotōng	الموصلات
8. 信号	（名）	xìnhào	إشارة
9. 正在	（副）	zhèngzài	كلمة ظرفية

10.	危险	（形、名）	wēixiǎn	خطِر ـ خطَر
11.	急	（形）	jí	عاجل
12.	遵守	（动）	zūnshǒu	يحترم
13.	规则	（名、形）	guīzé	قاعدة ـ قانون ـ نظامي ـ قانوني
14.	交	（动）	jiāo	يدفع
15.	罚款	（名、动）	fákuǎn	غرامة

会 话—II

الحوار (2)

（المشهد: المدير باي يعود إلى مكتبه، ويتحدث مع مساعده شياو جاو عن ترتيبات العمل）

小　赵：白经理，喝杯茶，休息休息。今天您太累了。

白经理：是有点儿累，不过我非常高兴。这是咱们旅行社第一次接
待这么大的旅游团。

小　赵：是啊。咱们国家的发展真快！现在出国旅游的人越来越多。

白经理：所以，这次的接待工作你一定要安排好，要让客人们满意。

小　赵：您放心，食宿、交通、导游我都安排好了。

白经理：很好。如果客人都很满意，咱们长江旅行社的生意就会越
　　　　来越好。

小　赵：您说得对。

白经理：要是遇到问题，马上和我联系。对了，还有件事儿。下午
　　　　你替我去交一下罚款。

小　赵：什么罚款？发生什么事了？

白经理：早上去机场的时候，我闯红灯了。

生　词
المفردات

1. 小	（头）	xiǎo	سابقة توضع أمام الأسماء
2. 接待	（动）	jiēdài	يستقبل
3. 国家	（名）	guójiā	دولة
4. 发展	（名、动）	fāzhǎn	تطوير - يطور
5. 越来越……		yuèláiyuè……	أكثر فأكثر
6. 满意	（形）	mǎnyì	راضٍ- مسرور- فَرِح
7. 食宿		shí sù	الطعام والسكن- الإعاشة
8. 如果	（连）	rúguǒ	إذا- إن- في حال ...
9. 要是	（连）	yàoshi	إذا- إن - على فرض
10. 联系	（动、名）	liánxì	يتصل- يرتبط اتصال- ارتباط
11. 发生	（动）	fāshēng	يحدث

专　名
أسماء الأعلام

长江	Chángjiāng	نهر اليانغتسي

小旅游团他们一般不接待

　　这两年，埃及的旅游业发展得很好，白经理的长江旅行社也越来越大。开始的时候，旅行社只有三个人——白经理和两个工作人员。现在，旅行社一共有十八个工作人员，几种常用语言的导游旅行社都有。

　　最近几个月，来旅游的中国人特别多，长江旅行社的生意很好。几天前，他们刚接待了一个七十多人的大旅游团。因为工作太忙，小旅游团他们一般不接待。

　　为了将来的发展，白经理还打算到大学去招聘几个中文系的毕业生呢。

生　词

المفردات

1. 一般	（形）	yìbān	في الغالب ـ غالبا
2. 旅游业	（名）	lǚyóuyè	السياحة
3. 工作人员		gōngzuò rényuán	موظف
4. 一共	（副）	yígòng	المجموع ـ جميعا
5. 常用	（形）	chángyòng	شائع ـ كثير الاستعمال ـ مألوف
6. 语言	（名）	yǔyán	لغة
7. 为了	（介）	wèile	من أجل
8. 将来	（名）	jiānglái	المستقبل
9. 招聘	（动）	zhāopìn	أعلن عن طلب موظف
10. 毕业生	（名）	bìyèshēng	خريج
毕业	（动）	bìyè	يتخرج

二、注 释
ثانيا: الشرح والتعليق

1. 闯红灯

习惯用语，意思是车辆遇到红灯信号时不遵守规则停车，而继续行驶。

"闯红灯" من التعبيرات الشائعة، وتعنى أن إشارة المرور كانت حمراء، إلا أن سائق السيارة لم يتوقف، واستمر في القيادة.

2. 小赵

"小"加在姓氏前面，用于称呼熟悉的年轻人；加在人名前面，用于称呼小孩子。

كلمة "小" عندما تسبق اللقب، تستخدم في النداء على الشباب المقربين، أما إذا وضعت قبل الاسم فإنها تستخدم للنداء على الأطفال.

3. 出国旅游的人越来越多

"越来越"后跟形容词或表示心理活动的动词，表示程度、数量等随着时间的推移而变化。例如：

عبارة "越来越" يأتي بعدها صفة أو فعل يعبر عن المشاعر، وتستخدم هذه الصيغة في التعبير عن أن الدرجة أو العدد يتنامى ويتغير بمرور الوقت، مثل:

（1）天气越来越冷。

（2）他越来越喜欢阿拉伯音乐。

（3）同学们的汉语说得越来越好。

（4）学汉语的学生越来越多。

4. 对了，还有件事儿

"对了"可以用于转换话题，表示忽然想起另外一件事。拿这句话来说，因为白经理一直在跟小赵谈论工作方面的事情，忽然想起要交罚款的事，所以用"对了"。

عبارة "对了" من الممكن استخدامها في تحويل موضوع الحوار، وتفيد أن الشخص تذكر شيئا ما فجأة أثناء الحديث. فعلى سبيل المثال في هذه الجملة نجد أن المدير باي أخذ يتحدث مع شياو چاو حول أحوال العمل، وفجأة تذكر أن عليه دفع قيمة المخالفة، ولذلك استخدم عبارة "对了".

三、语法
ثالثا: القواعد

1. 主谓谓语句（2）： 大小主语之间是施受关系

الجملة المتداخلة (2): العلاقة بين المسند إليه الساس والمسند إليه الفرع هي علاقة القائم بالفعل والمتلقي لتأثير الفعل

主谓谓语句的大主语通常是谓语描写、说明的对象，比如"她头疼，嗓子也不舒服"，谓语"头疼"，"嗓子也不舒服"从两个方面说明"她"（参看第 14 课）。有的时候，大主语是谓语动词涉及的对象，大主语是受事，小主语是施事。例如：

الجملة المتداخلة هي التي يصــف المسند فيها "المسند إليه الأساس" أو يتناوله بالشرح، مثل جملة: "她头疼，嗓子也不舒服" نجد أن المسند هو "头疼" و "嗓子也不舒服" وهاتان العبارتان تتحدثان عن جانبين من جوانب المسند إليه "她" (انظر الدرس الرابع عشر). وفي بعض الأحيان يكون "المسند إليه الأساس" هو الواقع تحت تأثير فعل الجملة، أما القائم بالفعل فهو "المسند إليه الفرع"، مثل:

（1）我的驾驶执照您还没有给我。

（2）这个字你写得不对。

（3）昨天的课你怎么没上？

以上句子中，"我的驾驶执照"、"这个字"、"昨天的课"分别是"给"、"写"、"上"涉及的对象。

في الجمل السابقة نجد أن عبارات "我的驾驶执照" و "这个字" و "昨天的课" كل منها يقع
تحت تأثير الأفعال "给" و "写" و "上" على التوالي.

2. 表示动作进行的 "正在"　　كلمة "正在" التي تعبر عن استمرار حدوث الفعل

和 "在"、"正" 一样，"正在" 放在动词（短语）前面，表示动作行为正在
进行。例如：

هذه الكلمة تساوي كلمتي "在" و "正" وتوضع قبل الفعل أوالعبارة الفعلية، وتعبر عن استمرار
حدوث الفعل، مثل:

　　（1）你正在发烧，赶快去医院。

　　（2）他们正在商量呢，你等一下儿。

　　（3）阿里正在打扫教室。

"在"、"正在"、"正" 三个词在用法上不完全一样：

إلا أن الكلمات الثلاث "在" و "正在" و "正" لا تتساوى من حيث طبيعة استخدام كل منها:

1) "在" 可以受 "一直、经常、已经" 等时间副词修饰，"正在"、"正" 不
行。例如：

1) كلمة "在" يمكن أن يسبقها كلمات ظرفيه تعبر عن الزمن مثل "一直、经常、已经"
وغيرها، أما "正在" و "正" فلا يستخدم معهما مثل هذه الكلمات ، مثل:

　　（4）他一直在学习汉语。　　　（× 他一直正在/正学习汉语。）

　　2) "在"、"正在" 后面的动词可以不带其他成分，"正" 后面的动词一定要
带其他成分。例如：

2) الفعل الذي يأتي بعد "在" و "正在" من الممكن ألا يأتي بعده عناصر أخرى، أما "正"
فينبغي أن يلحق بالفعل الواقع بعدها عناصر أخرى، مثل:

　　（5）我们在/正在讨论。　　　（× 我们正讨论。）

　　　　　　　　　　　　　　　（√ 我们正讨论呢。）

　　（6）我们在/正在/正讨论这个练习。

3. 如果/要是……，（就）……

　　用于连接两个分句，前一个分句提出假设，后一个分句推断出结论，或者

提出问题。例如：

هذه الصيغة تستخدم في ربط جملتين فرعيتين، وفي هذه الحالة تعبر الجملة الفرعية الأولى عن الشرط، والثانية تعبر عن جواب الشرط أو تطرح سؤالا، مثل:

（1）如果你有问题，可以来找我。

（2）如果你去，我就去。

（3）要是他不来参加，我们怎么办？

"如果"可以用于口语和书面语，"要是"通常用于口语。口语中，如果句子意思明确，"如果"、"要是"可以省略。

كلمة "如果" تستخدم في المستويين الشفهي والتحريري، أما "要是" فدائما ما تستخدم شفهيا. وإذا كان معنى الجملة واضحا في اللغة الشفهية يمكن حذف "如果" أو "要是".

四、生成练习

رابعا: مفردات ممتدة

【串词 سلاسل الكلمات】

注意 —— 满意	同意	得意	故（gù）意
	(يوافق)	(يرضى)	(يتعمد)
	主意	注重	注视	注目
		(يأخذ بعين الاعتبار)	(يتفرس في)	(يلفت الأنظار)

信号 —— 句号	逗（dòu）号	顿（dùn）号
(نقطة نهاية الجملة)	(فاصلة)	(فاصلة قصيرة)
问号		
(علامة استفهام)		

惊叹（jīngtàn）号	括（kuò）号	引（yǐn）号
(علامة تعجب)	(قوسان)	(علامة اقتباس)

规则 —— 规定　　　　　　　　规矩（ju）　　　规律（lù）
　　　　（نص على كذا）　　　　（عُرف）　　　　（قانون）
　　　　规模（mó）
　　　　（مدى - حجم）

接待 —— 等待　　　　　　　　招（zhāo）待　　对待
　　　　（ينتظر）　　　　　　（يستضيف）　　　（يتعامل مع）
　　　　看待
　　　　（يعالج أمرا）

【搭配　الاقتران】

交 + _____

　　罚款　　学费（xuéfèi，مصروفات دراسية）　　　水费　　电费　　电话费
　　钱　　作业　　报名表（bàomíngbiǎo，قائمة تسجيل الأسماء）
　　卷子（juànzi，ورقة امتحان）

发生 + _____

　　变化　　危险　　争吵（zhēngchǎo，مشاجرة - مشاحنة）

【替换　التباديل】

1. 我的书他　　　　　　还没给我呢。

这个电影	看了两遍。
今天的作业	还没做完呢。
汉语	说得不太好。
钱	借到了吗？
晚饭	吃了没有？

2. <u>学习任务越来越</u>　　<u>重</u>。

这孩子	胖
我爸爸	忙
课文里的生词	多
他妹妹	喜欢唱歌
我	担心爷爷的病

3. 要是你<u>不喜欢这个地方</u>就　　<u>走吧</u>。

觉得不舒服	去医院检查检查
不懂	问老师
喜欢这件衣服	买吧
不想让别人知道	别这样做
明天要走	通知我一下

4. 如果<u>天气好</u>，　　<u>我准备出去散散步</u>。

他没买到火车票	我们就都不能回家
你不喜欢听我的歌	我可以不唱
房间里的空气不新鲜	人会觉得不舒服
你一定要去	我就和你一起去
你们没听明白	我就再说一遍

5. <u>你替</u>　<u>我</u>　　<u>去交一下罚款</u>。

他	阿里	做了两个练习
爸爸	我	修好了录音机
朋友	他	买了两盒药
你	我	谢谢你妈妈
我	你	告诉他吧

五、功 能 示 例
خامسا: نماذج تطبيقية

【**描述变化**　وصف التغيرات】

句　例　أمثلة

出国旅游的人越来越多。

会　话　حوار

（1）A：天气越来越冷，你带一些冬天穿的衣服吧。

　　　B：不用，我可以到那儿以后再买。

（2）A：这几年，人们的生活越来越好。

　　　B：是啊，很多人都买了汽车了。

【**假设**　الشرط】

句　例　أمثلة

如果客人都很满意，咱们长江旅行社的生意就会越来越好。

会　话　حوار

A：你觉得这次我们能赢吗？

B：如果阿里和艾哈迈德都参加，我们就一定能赢。

A：要是他们不参加，结果会怎么样？

B：可能会输。

【**转换话题**　تغيير موضوع الحديث】

句　例　أمثلة

对了，还有件事儿……

会 话 ｜حوار

A：今天下午你去图书馆了吧？

B：对，我去借了几本书。对了，明天下午我们是不是要开会？

A：不是明天，是后天。

六、练 习

سادسا: التدريبات

(一) 熟读下列音节　　اقرأ المقاطع الصوتية التالية

jiāo—qiāo	guī—kuī	jiē—qiē
jí—qí	zūn—cūn	xiǎo—qiǎo
jǐng—qǐng	kuǎn—guǎn	zhǎn—chǎn
zhízhào—chídào	jiàshǐ—qiàsì	zhùyì—chùlì
guīzé—kuīcè	kèrén—gèrén	shísù—xífù
chángyòng—qiángdù	jiānglái—qiāngdí	zhāopìn—zhōumì

(二) 熟读下列短语　　اقرأ التعبيرات التالية

越来越多	人越来越多	旅游的人越来越多
越来越好	身体越来越好	他的身体越来越好
越来越冷	天气越来越冷	最近的天气越来越冷
越来越喜欢	他越来越喜欢	他越来越喜欢足球
越来越关心	他越来越关心	他越来越关心同学
越来越担心	妈妈越来越担心	妈妈越来越担心孩子的学习

（三）写出带下列部件的汉字　اكتب رموزا تحتوى على الأجزاء التالية

刂　___　___　___　___

阝　___　___　___　___

扌　___　___　___　___

门　___　___　___　___

（四）读音节写汉字，注意同音汉字的区别

أكتب الرموز التي تدل عليها المقاطع الصوتية التالية، مع مراعاة الرموز المتشابهة في النطق

驾 shǐ____　　警 chá____　　一 bān____　　必 xū____

历 shǐ____　　喝 chá____　　下 bān____　　xū____要

zhù____意　　接 dài____　　如 guǒ____　　人 yuán____

zhù____名　　磁 dài____　　包 guǒ____　　动物 yuán____

（五）选词填空　املأ الفراغات مستعينا بالكلمات التالية

遵守　　安排　　　招聘　　　发展　　　注意　　　接待

_____旅游业　　　_____工作人员　　　_____交通规则

_____食宿　　　　_____交通信号　　　_____旅游团

（六）完成下列句子　أكمل الجمل التالية

1. 篮球我_____。

2. 图书馆的书我_____。

3. 今天的作业你_____？

4. 我们现在学的课文_____。

5. 如果你不喜欢吃_____。

6. 如果这次你考得不好，_____？

7. _____，我们还去公园吗？

（七）造句　　كون جملا مستعينا بالكلمات والتعبيرات التالية

1. 必须

2. 如果

3. 一共

4. 满意

5. 一般

6. ……的时候

（八）把下列词语连成主谓谓语句　　كون جملا متداخلة مستعينا بالكلمات التالية

1. 老师　　忙　　　很　　　工作
2. 汉语　　迪娜　　得　　　说　　　极了　　好
3. 最近　　身体　　我　　　舒服　　不　　　太
4. 你　　　喝　　　喜欢　　咖啡　　吗

（九）在下列句子中的横线上填上适当的词　　أكمل الجمل التالية بالكلمات المناسبة

1. 你看到他的时候，____我谢谢他。
2. 他最近太累了，你应该____他多休息休息。
3. 他的汉语不太好，你____他翻译吧。
4. 你的病还没好，今天就不要去上课了，我____你请假。
5. 你拿的东西太多了，____我替你拿一点吧。

（十）根据阅读课文内容回答问题　　أجب عن الأسئلة التالية طبقا لما ورد بنص المطالعات

1. 埃及旅游业发展得怎么样？

2. 长江旅行社的经理是谁?

3. 长江旅行社有多少工作人员?

4. 最近来埃及旅游的中国人多吗?

5. 他们刚接待了一个多少人的旅游团?

6. 白经理还打算去哪里招聘工作人员?

（十一）翻译下列句子　ترجم الجمل التالية

1. 天气越来越冷，你要注意身体。

2. 他身体很好，学习也很努力。

3. 足球我不太会踢，但是篮球我打得很好。

4. 如果你喜欢，我就送给你一本。

5. 希望来埃及旅游的中国人越来越多。

（十二）交际练习　تدريبات على التواصل اللغوي

　　　　请你利用课外时间了解一下当地旅游业近几年的发展概况，
并在课上向大家用汉语进行简单介绍。

استغل أوقات الفراغ في التعرف على تطور صناعة السياحة في بلدك خلال الأعوام القليلة الماضية،
وتحدث عن ذلك باللغة الصينية باختصار أمام الجميع أثناء المحاضرة.

七、中国文化知识
سابعا: معلومات عن الثقافة الصينية

عيد الربيع   春节

يأتي عيد الربيع في أول السنة القمرية وهو أهم الأعياد التقليدية للقوميات الصينية. يرجع تاريخ احتفال الصينيين بهذا العيد إلى أكثر من ثلاثة آلاف عام ، يقال إن أصل عيد الربيع هو ظاهرة تقديم القرابين القديمة؛ فالناس كانوا يعملون بجد واجتهاد طوال العام، وفى النهاية يحصدون الحصاد الوفير، لذلك كانوا يقدمون القرابين شكراً للآلهة ولأجدادهم في نهاية العام، وعند تقديم القرابين كانوا يرقصون بحيوية وحماس وهم في غاية السعادة .

والصينيون يستعدون لعيد الربيع قبل موعده بفترة طويلة، مثل القيام بتنظيف المنازل، وإلصاق شعارات العيد ورسوم رأس السنة والورق المقصوص لزخرفة النوافذ، وشراء ما لذ وطاب من ألوان الطعام وغير ذلك من الاستعدادات. عيد الربيع هو يوم اجتماع شمل الأسرة، ومساء اليوم السابق للعيد يسمى " عشية رأس السنة " وهى آخر لحظات العام المنصرم، وفيها يجتمع جميع أفراد الأسرة ويأكلون وجبة ليلة رأس السنة، وكثير من الناس لا ينامون في هذه الليلة ويفضلون انتظار مجئ العام الجديد. وفى هذه الليلة يحصل الأطفال على الكثير من نقود العيدية، وفى منتصف الليل يأكل الناس الفطير المحشو باللحم (الجياوز)، وهذا الفطير من أكثر الأكلات شعبية عند الصينيين وهى عبارة عن عجائن مصنوعة من دقيق القمح محشوة من الداخل وتسوى على البخار.

وفي صباح عيد الربيع يرتدى الناس ملابس جديدة ويزورون الأهل والأصدقاء ويتبادلون التهاني بالسنة الجديدة مثل: " كل عام أنتم بخير "، " تهانينا القلبية بعيد سعيد " وغيرها من عبارات التهنئة. ويستغل الناس هذا العيد في جمع الشمل وتعميق أواصر الصداقة والعواطف النبيلة.

第二十七课　我对导游工作很感兴趣

الدرس السابع والعشرون: إنني شغوفة بالعمل في الإرشاد السياحي

一、课文
أولا: النص

会 话一
الحوار（1）

(المشهد: شركة السياحة التي يملكها المدير باي تعلن عن وظيفة مرشد سياحي غير متفرغ، إيمان سجلت اسمها لأنها ترغب في العمل أثناء وقت فراغها لتنمية قدرتها على الحديث الشفهي، المدير باي يجري معها مقابلة)

白经理：请说说你为什么想当导游。

伊曼　：因为我对导游工作很感兴趣。

白经理：能说说原因吗？

伊曼　：原因有三个。第一，现在来埃及旅游的中国游客很多。我相信这个工作一定很有前途。

白经理：第二个原因呢？

伊曼　：第二，游客们说不同的语言，有不同的风俗习惯和文化背景。和他们在一起，我能学到丰富的知识。

白经理：你说得非常好。汉语很标准，也很流利。

伊曼　：哪里，哪里，还差得远。

白经理：你的最后一个原因是什么？

伊曼　：很简单，因为我自己非常喜欢旅游。我想，这个原因也很重要。

白经理：你回答得很好。谢谢你来参加面试，有了结果我们立刻通知你。

伊曼　：谢谢！再见。

白经理：再见。

生　词

المفردات

1. 感兴趣		gǎn xìngqù	يهتم بـ - يشغف بـ
兴趣	（名）	xìngqù	اهتمام- شغف
2. 当	（动）	dāng	يشغل وظيفة ..
3. 原因	（名）	yuányīn	سبب
4. 前途	（名）	qiántú	مستقبل
5. 不同	（形）	bùtóng	مختلف
6. 风俗	（名）	fēngsú	عادات - أعراف اجتماعية
7. 习惯	（名、动）	xíguàn	تقليد- يتعود على- يعتاد
8. 背景	（名）	bèijǐng	خلفية
9. 标准	（形、名）	biāozhǔn	قياسي- مقياس - معيار
10. 流利	（形）	liúlì	بطلاقة
11. 简单	（形）	jiǎndān	بسيط

12. 重要	（形）	zhòngyào	مهم
13. 面试	（名、动）	miànshì	مقابلة شخصية - يقابل
14. 结果	（名）	jiéguǒ	نتيجة
15. 立刻	（副）	lìkè	في الحال

会话—II
الحوار (2)

(المشهد: في ظهر أحد الأيام قبل بداية المحاضرة بوقت قليل، إيمان وأحمد يتحدثان عن خطتهما للعمل خلال الأجازة الصيفية)

艾哈迈德：伊曼，暑假你准备打工吗？

伊曼　　：我打算到一家中国旅行社去当导游。

艾哈迈德：这个工作不错。可以挣点儿钱，可以免费旅游，还可以提高汉语水平。

伊曼　　：我刚参加了面试，现在还不知道结果。你也去试试，怎么样？

艾哈迈德：我对导游工作不太感兴趣。

伊曼　　：去年暑假，你在麦当劳快餐店当服务员，是不是？

艾哈迈德：是的。饭馆的工作太辛苦了！

伊曼　　：你对电脑和上网很感兴趣，你可以去网吧打工。

艾哈迈德：这是个好主意。可以免费上网，可以多学点儿电脑知
　　　　　识，还可以挣点儿钱。

伊曼　　：你想用打工挣的钱买什么？

艾哈迈德：买一个随身听，听听音乐，听听汉语磁带。

生　词

المفردات

1. 暑假	（名）	shǔjià	الأجازة الصيفية
2. 打工	（动）	dǎgōng	يعمل في وقت الأجازة
3. 挣	（动）	zhèng	يكسب رزقه
4. 免费	（动）	miǎnfèi	مجانا
5. 提高	（动）	tígāo	يرفع
6. 去年	（名）	qùnián	العام الماضي
7. 快餐	（名）	kuàicān	وجبة سريعة
8. 店	（名）	diàn	محل
9. 服务员	（名）	fúwùyuán	نادل – عامل – موظف في محل
10. 饭馆	（名）	fànguǎn	مطعم
11. 辛苦	（形、动）	xīnkǔ	مجهد – يشتغل في عمل شاق
12. 随身听	（名）	suíshēntīng	مسجل صغير (ووكمان)

专 名

أسماء الأعلام

麦当劳	Màidāngláo	ماكدونالد

阅 读

المطالعات

艾哈迈德对电脑很入迷

艾哈迈德对电脑很入迷。他喜欢和朋友们谈论电脑，朋友们都叫他"电脑专家"。

以前，艾哈迈德的宿舍里只有一台很旧的电脑，经常出问题，他只能常常到网吧或者朋友家去上网，很不方便。这学期，艾哈迈德买了一台新电脑。

不过，艾哈迈德很快又有了新的烦恼——有些同学经常到他们的宿舍来上网。艾哈迈德担心，这会影响学习和休息。他应该怎么办呢？

生 词

المفردات

1. 入迷	（动）	rùmí	ينبهر بـ يعشق
2. 谈论	（动）	tánlùn	يناقش
3. 专家	（名）	zhuānjiā	خبير
4. 经常	（副）	jīngcháng	دائما
5. 或者	（连）	huòzhě	أو
6. 学期	（名）	xuéqī	فصل دراسي
7. 烦恼	（名、形）	fánnǎo	اضطراب - قلَق - مضطرب - قلِق
8. 有些	（代）	yǒuxiē	بعض

| 9. 影响 | （动、名） | yǐngxiǎng | يؤثر في - تأثير |
| 10. 办 | （动） | bàn | يعمل - يتصرف |

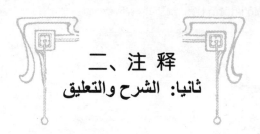

二、注释
ثانيا: الشرح والتعليق

1. 哪里，哪里

这里的疑问代词"哪里"并不表示疑问，而是表示否定，常用来回应他人的称赞或夸奖，是一种谦虚、客气的表达法。"哪里"可以单独或者重复使用。

عبارة "哪里" هنا لا تعني الاستفهام، بل تعبر عن النفي، وتستخدم في الرد على مدح وإطراء الآخرين، وتحمل معنى التواضع والتهذب. ويمكن استخدام هذه العبارة بمفردها أو بصيغة التكرار.

2. 还差得远

意思是离特定的标准还有很大的差距，有时用来回应别人的夸奖，表示谦虚，实际上可能并没有太大的差距。

معنى هذه العبارة أن هناك فارق بين المستوى الحالي للشخص والمستوى القياسي الواجب الوصول إليه، وتستخدم هذه العبارة أحيانا للرد على كلمات الإطراء التي توجه للشخص، وتفيد معنى التواضع، وفي حقيقة الأمر قد لا يكون هناك فارق كبير.

三、语法
ثالثا: القواعد

1. "对……"作状语   صيغة "对……" عندما تكون حالا

"对……"放在动词之前，引出动作的对象。例如：

صيغة "对......" توضع أمام الفعل لتدل على الحدث الذي يتعلق به فعل الجملة، مثل:

（1）艾哈迈德对电脑很入迷。

（2）伊曼对中国音乐很感兴趣。

（3）他们对足球都不感兴趣。

阿拉伯语类似意思的表达，在语序上与汉语的差别很大。例如：

هناك اختلاف كبيرين ترتيب عناصر هذا النوع من الجمل وما يقابلها في اللغة العربية، مثل:

(1) أحمد منبهر بالكمبيوتر.

(2) إيمان شغوفة بالصين.

(3) إنهم غيرُ شغوفين بكرة القدم.

以下为错句：

والجمل التالية خطأ:

× 我感兴趣足球。

× 我感兴趣对足球。

× 足球感兴趣我。

2. 或者：还是

都表示选择，但"或者"用于陈述句。例如：

"或者" و "还是" تعبران عن الاختيار، إلا أن كلمة "或者" تستخدم في الجملة الخبرية،

مثل:

（1）下课以后，我常常去图书馆看书，或者在教室做作业。

（2）A：晚上，你爷爷喜欢做什么？

　　　B：看看电视或者听听收音机。

"还是"用于选择问句。例如：

أما كلمة "还是" فتستخدم في جملة الاستفهام الاختياري، مثل:

（3）A：你上午去，还是下午去？

　　　B：下午去。

（4）A：这是你的书还是他的书？

　　　B：这是我的书。

3. 主谓短语作宾语　　المفعول به عندما يكون جملة

主谓短语作宾语，表示的是一件事情，动词大多表示言语、感知或心理活动。如"说"、"想"、"看"、"听"、"觉得"、"以为"、"知道"、"认识"、"希望"、"答应"等等。例如：

عندما يكون المفعول به جملة في اللغة الصينية يكون الفعل مُعبرا عن معنى القول أو الإدراك أو المشاعر، مثل: "说 "أو" 想 "أو" 看 "أو" 听 "أو" 觉得 "أو" 以为 "أو" 知道 " أو "希望"أو" 答应 " إلخ، مثل: ( )

（1）请说说你为什么想当导游。

（2）艾哈迈德知道饭馆的工作很辛苦。

（3）伊曼希望她明年能去中国旅游。

汉语主谓短语作宾语跟阿拉伯语类似的宾语从形式上略有差别。汉语把主谓短语直接放在动词后边；阿语动词后用虚词"أن"、"في"等相连。例如：

هذا النوع من الجمل يختلف قليلا عن مقابله في اللغة العربية من حيث الشكل، فاللغة الصينية تضع المفعول به بعد الفعل مباشرة، أما في اللغة العربية فيأتي الحرف " أن" بعد الفعل ، مثل:

艾哈迈德知道饭馆的工作很辛苦。

أحمد يعلم أن العمل في المطاعم متعب.

伊曼希望她明年能去中国旅游。

إيمان ترغب في الذهاب إلى الصين في العام القادم.

四、生成练习

رابعا: مفردات ممتدة

【串词】 سلاسل الكلمات

面试 —— 口试	笔试	考试	测试
（امتحان شفهي）	（امتحان تحريري）		（امتحان قياس مستوى）

辛苦 —— 艰（jiān）苦　　刻（kè）苦　　吃苦　　　　痛（tòng）苦
　　　　　（شاق）　　　　（مجتهد）　　（يعاني- يقاسي）　（معاناة- شقاء）

谈论 —— 讨论　　　　议（yì）论　　评（píng）论　争（zhēng）论
　　　　　　　　　　（ينقد- يعلق على）（يناقش - يتحدث عن）　（يجادل）

　　　　理论　　　　结论　　　　言论　　　　舆（yú）论
　　　　（نظرية）　（خلاصة）　（رأي）　（الرأي العام）

学期 —— 假期　　　　星期　　　　日期　　　　过期
　　　　（عطلة）　　　　　　　（تاريخ）　（تجاوز الموعد）

　　　　时期　　　　长（cháng）期　短（duǎn）期
　　　　（فترة- زمن）（مدة طويلة）　（مدة قصيرة）

【搭配 الاقتران】

当 + ＿＿＿＿

导游　　　司机　　　老师　　　医生　　　护士　　　翻译
工程师（gōngchéngshī, مهندس）　　科学家（kēxuéjiā, عالم）
军人（jūnrén, جندي）演员（yǎnyuán, ممثل）画家（huàjiā, رسام）

提高 + ＿＿＿＿

汉语水平　　　　生活水平　　　　产量（chǎnliàng, كمية الإنتاج）
质量（zhìliàng, نوعية）　　　　要求（yāoqiú, طلب）
技术（jìshù, تقنية）

【替换 التباديل】

1. 我对　　导游工作很感兴趣。

王小华	翻译工作
艾哈迈德	电脑
我们	这场比赛的结果
孩子们	小动物
迪娜	伊曼的新衣服

2. 我打算明天<u>去游泳</u>或者 <u>打网球</u>。

给他打个电话	去他房间找他
自己开车去	坐出租汽车去
去图书馆借书	去网吧上网
跟朋友练习口语	预习预习新课文
买点儿面包	蛋糕

3. A：你担心什么？　　　B：我担心<u>明天他不来</u>。

他忘了我的电话号码
明天天气不好
他会告诉我妈妈
我妹妹不想跟我一起去
爷爷的身体
我的考试结果

五、功能示例
خامسا: نماذج تطبيقية

【引入话题】 فتح موضوع للحديث

句 例 أمثلة

请说说你为什么想当导游。

会 话 حوار

A：请说说你为什么想学习汉语。

B：我对中国的历史和文化很感兴趣，所以我想学汉语。

【列举】 [التعديد]

句 例 [أمثلة]

1. 第一，…… 第二，……，第三……

2. ……，……，还……

会 话 [حوار]

（1）A：你说你很喜欢旅游，为什么你很少去旅游？

　　B：第一，我的钱不多；第二，我没有那么多时间；第三，我不喜欢一个
　　　人去旅游。

（2）A：你有什么爱好？

　　B：我喜欢旅游，喜欢运动，还喜欢上网。

六、练 习
سادسا: التدريبات

（一）熟读下列音节　اقرأ المقاطع الصوتية التالية

zhuān—chuān	dāng—tāng	tú—dú	sú—cú
jié—qié	zhǔn—chǔn	shǔ—chǔ	fǎn—fěn
guǎn—kuǎn	kǔ—gǔ	bèi—pèi	diàn—tiàn
xìngqù—qíngqù	qiántú—jiǎrú	fēngsú—fāngyuán	
xíguàn—qíguài	biāozhǔn—piāowǔ	jiǎndān—qiǎntān	
zhòngyào—jiùyào	lìkè—lèiyè	dǎgōng—tǎzhōng	
kuàicān—guìguān	fànguǎn—fènmiǎn	fǎnyìng—fěnshì	
tánlùn—dǎnlüè	zhuānjiā—chuānchā	huòzhě—huàbié	

（二）熟读下列短语　اقرأ التعبيرات التالية

　　对足球感兴趣　　　对足球很感兴趣　　　对足球不感兴趣

对音乐感兴趣　　　　对音乐很感兴趣　　　　对音乐不感兴趣

对京剧感兴趣　　　　对京剧很感兴趣　　　　对京剧不感兴趣

对跳舞感兴趣　　　　对跳舞很感兴趣　　　　对跳舞不感兴趣

对旅游感兴趣　　　　对旅游很感兴趣　　　　对旅游不感兴趣

对电脑感兴趣　　　　对电脑很感兴趣　　　　对电脑不感兴趣

对这个工作感兴趣　　对这个工作很感兴趣　　对这个工作不感兴趣

（三）写出带下列部件的汉字　اكتب الرموز التي تحتوي على الأجزاء التالية

厂　　＿＿＿　＿＿＿　＿＿＿　＿＿＿

辶　　＿＿＿　＿＿＿　＿＿＿　＿＿＿

口　　＿＿＿　＿＿＿　＿＿＿　＿＿＿

忄　　＿＿＿　＿＿＿　＿＿＿　＿＿＿

（四）读音节写汉字，注意同音汉字的区别

حول المقاطع الصوتية التالية إلى رموز مع مراعاة الرموز المتشابهة في النطق

重 yào＿＿＿＿＿　　　jié＿＿＿＿＿果　　　lì＿＿＿＿＿刻

中 yào＿＿＿＿＿　　　jié＿＿＿＿＿目　　　lì＿＿＿＿＿史

暑 jià＿＿＿＿＿　　　简 dān＿＿＿＿＿

jià＿＿＿＿＿驶　　　dān＿＿＿＿＿心

（五）用"或者"或"还是"填空　املأ الفراغات التالية مستخدما "或者" أو "还是"

1. 我打算今年暑假去中国＿＿＿＿＿法国旅行。

2. 星期五你去参观金字塔＿＿＿＿＿在房间休息？

3. A：这件事让谁去做比较好？

　　B：迪娜＿＿＿＿＿伊曼都行。

4. A：您想喝点儿什么？咖啡＿＿＿＿＿茶？

　　B：咖啡＿＿＿＿＿茶都可以。

（六）用所给词语完成句子　أكمل الجمل التالية مستعينا بالكلمات التي بين الأقواس

1. 他觉得＿＿＿＿＿＿＿＿＿＿＿＿＿＿。　（旅行社　工作）

2. 我以为＿＿＿＿＿＿＿＿＿＿＿＿＿＿。　（他　埃及人）

3. 王小华知道＿＿＿＿＿＿＿＿＿＿＿。　（星期五）

4. 他担心＿＿＿＿＿＿＿＿＿＿＿＿＿。　（考试）

5. 请说说＿＿＿＿＿＿＿＿＿＿＿＿＿。　（学　汉语）

（七）完成下列会话　أكمل الحوار التالي

1. A：你的中文歌唱得真好！

   B：＿＿＿＿＿＿＿＿＿＿＿。

   A：我也想学，你能教我吗？

   B：＿＿＿＿＿＿＿＿＿。

2. A：这个星期五你打算做什么？

   B：＿＿＿＿＿＿＿＿＿，你呢？

   A：＿＿＿＿＿＿＿＿＿。

   B：我也想去，我们一起去，好吗？

   A：＿＿＿＿＿。

3. A：你对什么最感兴趣？

   B：＿＿＿＿＿＿＿＿＿，你呢？

   A：＿＿＿＿＿＿＿＿＿。

（八）造句　كون جملا مستعينا بالمفردات التالية

1. 立刻

2. 或者

3. 有些

4. 辛苦

5. 可以……，可以……，还可以……

（九）在下列短文横线上填上适当的词　املأ الفراغات التالية بالكلمات المناسبة

我的同屋汉语说_____不太好，但是他_____中国文化特别感兴趣。昨天他_____我说，今年暑假他_____去中国旅行，参观著名的长城和故宫。他问我想不想去，说："_____你想去，我们_____一起去。"我说："我_____很想去。"

（十）根据阅读课文内容回答问题　أجب عن الأسئلة التالية طبقا لما ورد بنص المطالعات

1. 艾哈迈德喜欢和朋友们谈论什么？

2. 朋友们都叫他什么？

3. 以前，如果电脑坏了，艾哈迈德常常去哪儿上网？

4. 他现在有了新电脑，又遇到了什么新问题？

5. 你觉得他应该怎么办？

（十一）翻译下列句子　ترجم الجمل التالية

1. 他对翻译工作很感兴趣。

2. 艾哈迈德觉得快餐店的工作很辛苦。

3. 电影和电视我都喜欢看。

4. 坐公共汽车或者出租汽车，都行。

5. 下课以后，你去图书馆还是回宿舍？

（十二）交际练习　تدريبات على التواصل اللغوي

两人一组模仿课文进行会话练习。注意用上以下词语：

يقوم كل طالبين بتقليد النص في عمل حوار، مع مراعاة استخدام الكلمات التالية:

对……感兴趣　　当　　因为　　　打工　辛苦　　提高

可以……，可以……，还可以……

七、中国文化知识
سابعا: معلومات عن الثقافة الصينية

元宵节　عيد البدر الأول

يقع عيد البدر الأول في الخامس عشر من الشهر الأول القمري حسب التقويم الصيني، ومن عادات الصينيين في هذا العيد إضاءة الفوانيس وأكل حلوى تصنع خصيصا بمناسبة هذا العيد، ويعتبر عيد البدر الأول من الأعياد التقليدية الصينية التي يبلغ تاريخها أكثر من ألفى عام.

ويطلق على هذا العيد أيضا اسم " عيد الفوانيس "، ففي هذا اليوم ترى الفوانيس الكبيرة معلقة في الحدائق والشوارع الكبرى وتحمل تصميماتها أشكال متعددة مثل الإنسان والأزهار والنباتات والمناظر الطبيعية وأشكال الطيور والحيوانات، ورسوم القصص الأسطورية وغيرها من الأشكال. وبالإضافة لعادة إضاءة الفوانيس اعتاد الناس تناول حلوى البدر وهى عبارة عن كعكة مستدير تصنع من طحين الأرز وتحشى من الداخل. ويطلق على هذه الحلوى أيضا اسم " تانغ يوان " وهذه التسمية تشبه في النطق كلمة " اجتماع الشمل " بالصينية، لذلك فتناول هذه الأكلة يرمز إلى اجتماع الشمل والسعادة والحظ الحسن.

第二十八课　天气越来越热了
الدرس الثامن والعشرون: الجو يزداد حرارة تدريجيا

一、课文
أولا: النص

(المشهد: وانغ شياو خوا ولين خونغ يتحدثان أثناء ذهابهما إلى الكلية)

王小华：天气越来越热了。

林　红：是啊。你看，有的人已经穿衬衣了。

王小华：夏天快要到了。

林　红：你喜欢夏天吗？

王小华：我不喜欢夏天，因为我怕热。

林　红：我也怕热，但是我喜欢夏天。夏天可以去海边游泳，多好啊！

王小华：游泳我也不太喜欢，因为我讨厌夏天的太阳。

林　红：夏天有西瓜，西瓜你一定喜欢吃吧？

王小华：喜欢吃。不过，现在冬天也能吃到西瓜。

林　红：我不跟你说了，我们的看法太不一样了！

王小华：好吧，咱们不说夏天了。那你喜欢不喜欢冬天？

林　红：不太喜欢。冬天太冷，要穿很厚的衣服，不舒服。

王小华：冬天可以去山上滑雪，好玩儿极了！

林　红：可是我的家乡在南方，冬天很暖和，不下雪。

王小华：(قال ضاحكًا) 林红，我们之间可能真的没有共同语言。

生　词
المفردات

1. 热	（形）	rè	حار
2. 衬衣	（名）	chènyī	قميص
3. 海	（名）	hǎi	بحر
4. 讨厌	（动）	tǎoyàn	يزعج
5. 太阳	（名）	tàiyang	شمس
6. 西瓜	（名）	xīguā	بطيخ
7. 看法	（名）	kànfǎ	وجهة نظر
8. 厚	（形）	hòu	سميك
9. 山	（名）	shān	جبل
10. 滑雪	（动）	huáxuě	يتزلج على الثلج
雪	（名）	xuě	ثلج
11. 好玩儿	（形）	hǎowánr	ممتع - مشوق
12. 家乡	（名）	jiāxiāng	موطن - مسقط الرأس
13. 之间		zhī jiān	بين
14. 共同	（形）	gòngtóng	مشترك

会 话—II

الحوار (2)

(المشهد: علي وخالد يستعدان للذهاب إلى وانغ شياو خوا)

艾哈迈德：时间快要到了，我们走吧。

阿里　　：行。

(علي يفتش في حقيبته، ويكتشف أنه فقد مفتاح الدراجة)

阿里　　：我的自行车钥匙呢？

艾哈迈德：又不见了？你怎么总是乱扔钥匙？好好找找。

阿里　　：我想想……哦，我刚才换了衣服，可能在那件衣服的口
　　　　　袋里。

(علي يبحث في ملابسه التي كان يرتديها قبل ذلك)

阿里　　：果然在里边！

艾哈迈德：你得改一改这粗心大意的毛病。

阿里　　：一定改，一定改。快走吧，好像要下雨了。

艾哈迈德：天气真不正常！夏天快到了，怎么还有这么多雨？

阿里　　：是有点儿不正常。

艾哈迈德：我的伞坏了，你的伞呢？

阿里　　　：我的伞在家里，不在这儿。怎么办？

艾哈迈德：……给王小华打个电话，告诉他我们今天不能去了。

生　词
المفردات

1. 自行车	（名）	zìxíngchē	دراجة
2. 钥匙	（名）	yàoshi	مفتاح
3. 不见	（动）	bújiàn	غير موجود - ُفقِد
4. 乱	（形）	luàn	بطريقة عشوائية - فوضى
5. 坏	（形）	huài	تالف
6. 扔	（动）	rēng	يرمي - يلقي بـ
7. 口袋	（名）	kǒudai	جيب
8. 果然	（副）	guǒrán	بالتأكيد
9. 改	（动）	gǎi	ُيغَير
10. 粗心	（形）	cūxīn	مهمِل- كثيُر السهو
11. 大意	（形）	dàyi	قليل الانتباه
12. 正常	（形）	zhèngcháng	عادي - طبيعي
13. 伞	（名）	sǎn	مظلة

阅　读
المطالعات

夏天快到了

天气越来越热了，街上已经没有穿毛衣或者外套的人了。现在，商场里各种夏天穿的衣服最受欢迎。

太阳越来越厉害了，很多女孩子都戴上了漂亮的帽子，有的还戴上了五颜六色的太阳眼镜。

水果店里的西瓜多了，价格也便宜了。西瓜成了最常见、最普通的水果。

白天越来越长了，夜晚越来越短了，夏天真的快到了。

生　词
المفردات

1. 外套	（名）	wàitào	معطف
2. 各种	（代）	gèzhǒng	الأنواع كافة
3. 受	（动）	shòu	يُلقى
4. 戴	（动）	dài	يرتدي
5. 帽子	（名）	màozi	قبعة
6. 五颜六色		wǔ yán liù sè	متعدد الألوان
7. 眼镜	（名）	yǎnjìng	نظارة
8. 水果	（名）	shuǐguǒ	فاكهة
9. 成	（动）	chéng	أصبح
10. 常见		cháng jiàn	شائع ـ مألوف
常	（副）	cháng	دائما
11. 白天	（名）	báitiān	النهار
12. 夜晚	（名）	yèwǎn	الليل
13. 短	（形）	duǎn	قصير

二、注 释
ثانيا: الشرح والتعليق

1. 各种夏天穿的衣服最受欢迎

"受" 多用于 "名₁+受+名₂+动" 句式中，名₁和名₂分别是动作行为的受事和施事，名₂有时不出现。例如：

كلمة "受" يكثر استخدامها مع صيغة "名₁+受+名₂+动" ، حيث الاسم الأول "名₁" هو المتلقي لتأثير الفعل، أما الاسم الثاني "名₂" فهو القائم بالفعل، وأحيانا لا يظهر الفعل الثاني في الجملة، مثل:

（1）王老师的课很受（埃及学生）欢迎。

（2）同学们很受教育（jiàoyù, **تعليم**）。

（3）他受到了（爸爸）批评（pīpíng, **نقد- لوم**）。

2. 很多女孩子都戴上了漂亮的帽子

"上" 作结果补语，可以表示一事物附着在另一事物上，或者两个以上的事物接触到一起。例如：

كلمة "上" عندما تكون مكملا مبينا للنتيجة فإنها قد تعبر عن أن شيئا قد ألحق بشيء آخر، أو أن هناك تلامس قد حدث بين شيئين أو أكثر، مثل:

（1）请等一下，我穿上衣服就走。

（2）你戴上眼镜就能看见了。

（3）请关上门。

（4）合（hé, **يغلق**）上书，我们做听写练习。

三、语法
ثالثا: القواعد

1. 语气助词   (3) "了"   الكلمة المساعدة للهجة

语气助词 "了" 用在句尾还可以表示情况的变化。例如：

الكلمة المساعدة "了" عندما تستخدم في نهاية الجملة فإنها قد تعبر أيضا عن التغير من حال إلى حال، مثل:

(1) 下雨了。   （ منذ قليل لم يكن هناك مطر ）

(2) 已经十一月了。   （ للتعبير عن تغير الزمن ）

(3) 你越来越漂亮了。   （ قبل ذلك لم تكن بمثل هذا الجمال ）

(4) 明天就能知道结果了。   （ حاليًا لا أعرف النتيجة ）

"不……了" 也表示变化。例如：

بالإضافة إلى ذلك هناك صيغة "了……不" التي تعبر أيضا عن التغير، مثل:

(5) 他不想去了。   （ كان يرغب في الذهاب من قبل ）

(6) 我不和你说了。   （ قبل ذلك كان مستمرًا في الحديث ）

(7) 现在西瓜不贵了。   （ قبل ذلك كان الثمن مرتفعا ）

2. 快……了

"快……了"、"要……了"、 "就要……了"、"快要……了" 等中间插入动词或形容词，表示动作或情况即将发生或出现。例如：

الصيغ "了……快" و "了……要" و "了……就要" و "了……快要" وغيرها عندما يأتي في وسطها فعل أو صفة فإن ذلك يعني التعبير عن المستقبل القريب في اللغة الصينية، مثل:

(1) 夏天快到了。

(2) 要上课了。

（3）我就要去北京了。

（4）快要下雨了。

（5）病快好了。

四、生 成 练 习

رابعا: مفردات ممتدة

【串词】 سلاسل الكلمات

眼镜 —— 眼睛	眼泪（lèi）	眼光（guāng）	眼色
	（دموع）	（البصر）	（لون العين）

正常 —— 正好	正确（què）	正式（shì）	正面
	（صحيح）	（رسمي）	（وجه- واجهة）
	正直（zhí）	经常	反（fǎn）常
	（شريف- مستقيم）		（غير عادي- غير طبيعي）

【搭配】 الاقتران

受 + _____

欢迎　　　　表扬（biǎoyáng, **ثناء- مديح**）　　　　批评（pīpíng, **نقد - لوم**）

教育（jiàoyù, **تعليم**）　　保护（bǎohù, **حماية**）　　伤害（shānghài, **أذى**）

戴 + _____

帽子　　　　眼镜　　　　手表（**ساعة يد**）　　头巾（tóujīn, **مِنشفة**）

项链（xiàngliàn, **قلادة**）　　戒指（jièzhi, **خاتم**）

【替换 التبادیل】

1. <u>天气</u>　　　<u>冷</u>了。

雨	小
他的病	好
我妈妈	胖
香蕉	坏
阿里	明白

2. <u>我</u>不　　　<u>去</u>了。

迪娜	感兴趣
同学们	参加
我	住这儿
爷爷	想睡
这个橙子	能吃

3. 快要<u>下雨</u>了。

好
到
吃饭
上课
看完

4. <u>夏天的衣服</u>最受欢迎。

李教授的讲座
这首歌
他们班表演的节目
这样的学校
这种锻炼方法

五、功 能 示 例

خامسا: نماذج تطبيقية

【责怪　اللوم】

句 例　أمثلة

你怎么总是乱扔钥匙？

会 话　حوار

（1）A：现在已经九点了！你怎么总是迟到（chídào，يتأخر）？

B：对不起，老师。我今天真的病了。

（2）A：你怎么总是用我的词典？你自己的词典呢？

B：我的词典不见了。

A：两个人用一本词典，真不方便！

【不解　الحيرة وعدم الفهم】

句 例　أمثلة

夏天快到了，怎么还有这么多雨？

会 话　حوار

（1）A：这孩子的学习一直很好，这次怎么考得这么差？

B：我也不明白。我们得跟他谈谈。

（2）A：昨天你说一定来，怎么今天决定不来了？

B：真对不起，我家里有事。

六、练 习
سادسا: التدريبات

（一）熟读下列音节　اقرأ المقاطع الصوتية التالية

shān—chān	rēng—zhēng	huá—huó	chěng—zhěng
xuě—shuǐ	sǎn—cǎn	hǎi—kǎi	duǎn—dǎn
gǎi—kǎi	xué—qué	tǎo—dǎo	hòu—gòu
shòu—xiù	dài—tài	luàn—làn	chèn—chàn

jiāxiāng—zhuāxiā　　　　chángjiàn—qiángxiàng

tǎoyàn—dǎodiàn　　　　zhèngcháng—zhèngcān

kǒudai—kǎojuàn　　　　guǒrán—guǎyán

yǎnjìng—yǎnjing　　　　chènyī—chènxīn

yàoshi—yòuzi　　　　　màozi—mòzi

（二）熟读下列短语　اقرأ التعبيرات التالية

戴上帽子	戴上眼镜	戴上手表	戴上戒指	
穿上衣服	穿上外套	穿上衬衣	穿上毛衣	穿上鞋
带上钥匙	带上礼物	带上词典	带上钱	带上书
写上名字	写上地址	写上电话号码		

我的钥匙不见了　　　　书架上的词典不见了

桌上的钢笔不见了　　　墙上的画儿不见了

房间里的椅子不见了　　跟我一起来的朋友不见了

这种鞋很受欢迎　　　　这种自行车很受欢迎

这种样子的衣服很受欢迎　这种伞最受欢迎

这种电冰箱最受欢迎　　　李老师的课最受欢迎

（三）写出带下列部件的汉字　اكتب الرموز التي تحتوي على الأجزاء التالية

大　___　___　___　___

戈　___　___　___　___

亠　___　___　___　___

攵　___　___　___　___

（四）读音节写汉字，注意同音汉字的区别

حول المقاطع الصوتية التالية إلى رموز صينية مع مراعاة الرموز المتشابهة في النطق

西 guā____　　家 xiāng____　　yào____匙　　yè____晚

guā____风　　xiāng____信　　yào____是　　作 yè____

zhèng____常　　cháng____见　　yǎn____镜

zhèng____钱　　cháng____城　　表 yǎn____

（五）完成下列会话　أكمل الحوار التالي

1. A：外边下雨了吗？

　 B：_____。

　 A：下得大不大？

　 B：_____。

2. A：_____？

　 B：这次比赛他不想参加了。

　 A：为什么？

　 B：_____。

3. A：这个收音机还能听吗？

　 B：这个收音机已经坏了，_____。

　 A：没去修一修吗？

　 B：_____。

（六）用"快……了"或者"要……了"、"就要……了"、"快要……了"完成下列句子

أكمل الجمل التالية باستخدام "快……了" أو "要……了" أو "就要……了" أو "快要……了"

1. 晚会_____，我们快走吧。

2. 水果_____，我们再去买点儿吧。

3. 下个月我们_____，毕业以后，你打算做什么？

4. 王小华_____，我们去看看他吧。

5. _____，暑假你打算去哪儿旅行？

6. _____，你怎么还不去学校？

7. _____，你吃了饭再走吧。

8. _____，带上伞吧。

（七）选词填空　　أكمل الفراغات بالكلمات المناسبة

1. 你找____那本词典了吗？　　　　　　（到　　见）

2. 房间的钥匙你带____了吗？　　　　　（上　　好）

3. 今天的课你听____了吗？　　　　　　（见　　懂）

4. 他的眼睛不太好，最近戴____了眼镜。（到　　上）

5. 今天的作业我已经做____了。　　　　（到　　完）

6. 你听____他的声音了吗？　　　　　　（见　　懂）

（八）把"了"填在合适的位置上　　ضع "了" في المكان المناسب

1. 上课 A 的时间 B 快要 C 到 D。

2. 这次考试 A 结果 B 明天 C 就知道 D。

3. 你吃 A 饭 B 再 C 走 D 吧。

4. 昨天晚上，他看完 A 电影 B 以后 C 去哪儿 D？

5. 老师病 A，下课以后 B 我们去 C 医院看看他 D 吧。

6. 天气越来越冷 A，你要 B 注意 C 身体 D。

（九）根据阅读课文内容回答问题

أجب عن الأسئلة التالية طبقا لما ورد في نص المطالعات

1. 最近天气怎么样？

2. 街上还有人穿毛衣或者外套吗？

3. 商场里什么衣服最受欢迎？

4. 很多女孩子都戴上了什么？

5. 水果店里什么水果最多？价钱贵不贵？

6. 现在是什么季节（jìjié，فصل- موسم）？

（十）翻译下列句子　ترجم الجمل التالية

1. 夏天西瓜最受欢迎。

2. 我的太阳眼镜不见了，你看见了吗？

3. 你的汉语说得越来越好了。

4. 你怎么又忘了带词典？

5. 你穿上这件衬衣很好看。

6. 夏天还没到，天气怎么这么热？

（十一）交际练习　تدريبات على التواصل اللغوي

说说你最喜欢哪个季节，为什么？注意使用以下词语：

حديث متبادل عن أحب فصول السنة مع توضيح السبب، مع مراعاة استخدام الكلمات التالية:

春（chūn）天	夏天	秋（qiū）天	冬天
下雪	下雨	刮风	冷　热　暖和
花	开　树　绿	漂亮	游泳　滑雪

七、中国文化知识
سابعا: معلومات عن الثقافة الصينية

端午节　عيد قوارب التنين

يقع عيد قوارب التنين في الخامس من الشهر الخامس القمري، ويطلق عليه الصينيون " عيد الشهر الخامس "، ويقال إن هذا العيد أقيم لإحياء ذكرى الشاعر الشهير تشو يوان، وهو شاعر عظيم من العصور القديمة اشتهر بحب الوطن، لذلك يطلق علي هذا العيد اسم " عيد الشاعر ".

كان الشاعر " تشو يوان " يعيش في عصر الممالك المتحاربة ويعمل موظفاً في بلاط مملكة تشو، وقد كان له دور كبير في إدارة الشئون الداخلية وفي إقامة علاقات خارجية لحكومة تشو، وبسبب تدهور قوة الدولة في ذلك الوقت، فقد قدم " تشو يوان " اقتراحا بتوحيد مملكة تشو مع الممالك الأخرى لمقاومة دولة تشين القوية، ولسوء الحظ استمع الإمبراطور إلى رفقاء السوء فلم يكتف برفض رأي " تشو يوان "، وإنما قام بنفيه خارج البلاد. وبعد ذلك احتل جيش دولة تشين عاصمة دولة تشو فحزن " تشو يوان " حزناً شديدا أفقده صوابه وجعله يُقدم على الانتحار بإلقاء بنفسه في نهر اليانغتسي في الخامس من الشهر الخامس القمري.

وعندما سمع الناس أن " تشو يوان " قد ألقى بنفسه في النهر استقلوا القوارب في الحال بغرض إنقاذه من الغرق، ولكن للأسف لم يتمكنوا من إنقاذه. لذلك يقوم الناس كل عام في الخامس من الشهر الخامس القمري بإقامة سباق قوارب لإحياء ذكرى " تشو يوان "، وهذا السباق تحول رويداً رويداً إلى سباق زوارق التنين.

في هذا العيد يحرص الناس على تناول (مثلثات الأرز) وهى عبارة عن أرز ابيض يُلف بورق البامبو أو ورق القصب وقد يكون على شكل مثلث أو مربع ويستخدم الخيط لربطه جيداً ويوضع في الماء المغلي حتى ينضج وبذلك يصبح جاهزاً للأكل. ويقال إن أصل هذه العادة يرجع إلى أنه عندما ألقى " تشو يوان " بنفسه في الماء قام الناس بصنع مثلثات الأرز وإلقائها في النهر حتى يأكلها السمك وبذلك يستطيعون حماية جسد " تشو يوان" من أن يأكله السمك، وبهذا نشأت عادة تناول مثلثات الأرز في يوم عيد قوارب التنين.

第二十九课　开罗的夏天比北京热
الدرس التاسع والعشرون: صيف القاهرة أكثر حرارة من بكين

一、课文
أولا: النص

(المشهد: وانغ شياو خوا يذهب إلى حجرة أحمد. الجو حار، وانغ شياو يتصبب عرقا)

王　小华：真热啊！你看，我出了一身汗。

（أحمد يناول وانغ شياو خوا بضع عملات ورقية）

艾哈迈德：来，快擦一擦。屋子里没有风，外边也没有风吗？

王　小华：外边有点儿风。要是没有风，就更难受了。

艾哈迈德：小华，北京的夏天比这儿凉快吗？

王　小华：北京的夏天也不凉快，但是气温比这儿低。开罗现在的
　　　　　气温跟北京 7 月的气温差不多一样高。

艾哈迈德：可现在还没到 6 月呢。你是不是有点儿不习惯？

王　小华：现在没问题，但不知道以后怎么样。

艾哈迈德：夏天北京的最高温度是多少？

王　小华：一般不超过 38 度。

艾哈迈德：那开罗的夏天是比北京热。

王　小华：哎呀，这个夏天怎么过呢？

艾哈迈德：不用太担心。这儿从早到晚都有凉凉的风，没有太阳的
　　　　　地方凉快得很。

生　词
المفردات

1.	比	（介）	bǐ	مقارنةً بـ
2.	身	（量、名）	shēn	كلمة كمية ـ جسم
3.	汗	（名）	hàn	عرق
4.	擦	（动）	cā	يمسح
5.	屋子	（名）	wūzi	حجرة
6.	凉快	（形）	liángkuai	لطيف منعش
	凉	（形）	liáng	بارد
7.	气温	（名）	qìwēn	درجة حرارة الجو
8.	低	（形）	dī	منخفض
9.	温度	（名）	wēndù	درجة حرارة
10.	超过	（动）	chāoguò	تجاوز
11.	度	（量）	dù	درجة
12.	哎呀	（叹）	āiyā	كلمة تعجب

会 话—II
الحوار (2)

(المشهد : أحمد يرغب في الذهاب إلى أحد المحلات التجارية الكبرى التي افتتحت حديثًا ببوسط المدينة،
ويسأل على عن أفضل وسيلة للذهاب)

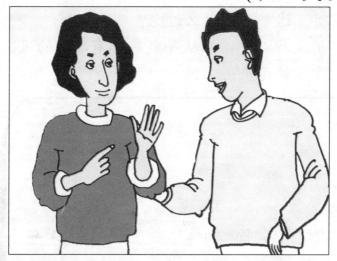

艾哈迈德：阿里，下午我要到市中心去买东西。你说，我是坐公共
　　　　　汽车去，还是坐地铁去？

阿里　　：我觉得骑自行车去也不错。

艾哈迈德：别开玩笑了，我不是去学校门口的小商店。

阿里　　：好吧，好吧。要是你不想浪费时间的话，就坐地铁去。

艾哈迈德：可是，公共汽车站比地铁站近啊。

阿里　　：坐公共汽车没有坐地铁快，还常常堵车。

艾哈迈德：可是，公共汽车票比地铁票便宜。

阿里　　：坐公共汽车去的话，你得换两次车，买三张票。坐地铁
　　　　　的话，你只要买一张票。所以，还是比坐公共汽车便宜。

艾哈迈德：可是，地铁里又挤又闷，空气很不好。

阿里　　：公共汽车跟地铁一样挤。

艾哈迈德：可是，坐公共汽车可以打开窗户，地铁……

阿里　　：（علي يبدو عليه شيء من الغضب）艾哈迈德，如果你已经决定了的
话，为什么还要问我？

艾哈迈德：别生气，阿里。这样吧，我去的时候坐公共汽车，回来
的时候坐地铁。

生　词

المفردات

1. 市	（名）	shì	مدينة
2. 地铁	（名）	dìtiě	مترو الأنفاق
3. 骑	（动）	qí	يركب
4. 浪费	（动）	làngfèi	يبدد - يبذر
5. ……的话	（助）	……dehuà	إذا....
6. 堵车	（动）	dǔchē	اختناق المرور
堵	（动）	dǔ	سد - أغلق
7. 挤	（形、动）	jǐ	مزدحم - يزدحم
8. 闷	（形、动）	mēn	خانق - يختنق
9. 窗户	（名）	chuānghu	شباك
10. 生气	（形、动）	shēngqì	غاضب- يغضب

阅　读

المطالعات

变还是不变

　　今天上午，哈立德对我说："你知道吗？下学期的课跟这学期不一样。听力

课取消了，要增加一门报刊阅读课。"

阿里见了我说："我得到一个消息。下学期的课比这学期多，增加了一门文化常识课和一门写作课。"

中午，迪娜在食堂看见我，告诉我说："你还不知道吧。下学期我们有一门新课，叫中国文学。我听说，老师是一位年轻的中国人。"

可是，下午上课以前，系主任通知我们说："下学期的课程安排跟这学期一样，上课的老师也不变。"

生　词
المفردات

1. 变	（动）	biàn	يتغير
2. 取消	（动）	qǔxiāo	يلغي
3. 增加	（动）	zēngjiā	يزيد
4. 门	（量）	mén	كلمة كمية
5. 报刊	（名）	bàokān	صحف ـ جرائد
6. 消息	（名）	xiāoxi	أخبار
7. 常识	（名）	chángshí	معلومات عامة
8. 文学	（名）	wénxué	أدب
9. 系主任		xì zhǔrèn	رئيس القسم
主任	（名）	zhǔrèn	رئيس
10. 课程	（名）	kèchéng	مقرر ـ مادة دراسية

二、注 释
ثانيا: الشرح والتعليق

1. 出了一身汗

"一"在这里作"全"、"满"讲，"一身汗"表示满身汗。再如："一晚上没睡觉"、"一书架的书"。

كلمة "一" هنا تعني "全" أو "满" بمعنى " كامل " أو " بـشكل تام "، وعبارة "一身汗" تعني أن كامل جسمه يتصبب عرقا. كما يمكن أن نقول "一晚上没睡觉" بمعنى " لم ينم طوال الليل " أو "一书架的书" بمعنى " رف كامل من الكتب ".

2. 你说，……

用于征询听话人的意见和看法，常放在一句话的开头。例如：

صيغة "你说, ……" تستخدم عند طلب الرأي والمشورة من الطرف الآخر، ودائما ما توضع في أول الجملة، مثل:

（1）你说，我应该今天告诉他还是明天告诉他？

（2）你们说，这件事我应该怎么办？

3. 要是你不想浪费时间的话

"的话"用在假设分句的末尾，构成"如果/要是……的话"，多用于口语。例如：

عبارة "的话" توضع في آخر جملة جواب الشرط ، وصيغة "如果/要是……的话" يكثر استخدامها في اللغة الشفهية.

（1）如果你有空儿的话，就来帮帮我。

（2）要是书店有那本词典的话，你就买一本。

"的话"也可以单独使用，仍表示假设。例如：

كما يمكن استخدام تعبيرة "的话" بمفردها للتعبير عن الشرط، مثل:

（3）明天不下雨的话，咱们一起去看金字塔吧。

（4）时间够的话，我就坐公共汽车去。

三、语法
ثالثاً: القواعد

（1）جملة المقارنة 比较句

汉语中，比较事物性状、程度的异同有多种方式。本课先讲两种。

هناك عدة طرق في اللغة الصينية لمقارنة درجة التشابه في خصائص أو درجة الشيء، وسوف نبدأ في هذا الدرس بدراسة طريقتين من هذه الطرق.

1）A+比+B+形 | A+没有+B+形

如果要比较事物或行为在性状、程度上的差别，就用这种方式。A 和 B 代表相比的事物、行为，"形"表示比较的结果。例如：

هذه الصيغة تستخدم إذا أردنا مقارنة شيئين من حيث الفرق في الخصائص أو الدرجة، وتعبر كل من"A" و"B" عن الشيئين موضع المقارنة، أما "形" "الصفة" فتعبر عن نتيجة المقارنة، مثل:

（1）弟弟比哥哥聪明（cōngming，**ذكي**）。

（2）爸爸的身体比妈妈好。

（3）开罗的夜晚比白天凉快。

（4）坐出租汽车比坐公共汽车快。

否定式 صيغة النفي：A+没有+B（+那么）+形

（5）弟弟没有哥哥（那么）聪明。

（6）坐出租汽车没有坐地铁快。

阿语也有相应的比较方式，由比较名词（相当于汉语的形容词）和介词"من"（相当于"比"）构成，常用句式是：

اللغة العربية بها نفس صيغة المقارنة، وتتكون من اسم تفضيل "صفة على وزن أفعل التفضيل" (هذا الوزن يقابله صفة في اللغة الصينية) وحرف الجر "من" (هذا الحرف يقابله في اللغة الصينية كلمة "比")، ويكون التركيب كما يلي:

A +صفة على وزن أفعل التفضيل + من + B

أحمد أشجع من علي．　艾哈迈德比阿里勇敢。

与汉语比较，有两点不同：

هذه الصيغة في اللغة العربية تختلف عن مثيلتها في اللغة الصينية من ناحيتين:

A. 阿语比较名词派生于三母简式动词，本身含比较意味。而汉语与之对应的形容词没有形式变化，也不含比较意味。

1- اسم التفضيل في اللغة العربية يشتق من فعل ثلاثي بحيث يحمل معنى المقارنة، ويكون ذلك عن طريق الوزن "أفعل" والصفات المقابلة لصيغة "أفعل التفضيل" في اللغة الصينية لا يحدث بها تغير صرفي، كما أنها لا تحمل معنى المقارنة.

B. 汉语"比……"短语位于主语之后，形容词之前；阿语"…… من"一般位于比较名词之后，句子末尾。例如：

2- "……比" في اللغة الصينية تقع بعد المسند إليه وقبل الصفة، أما " من ...." في اللغة العربية فتقع في آخر الجملة بعد صيغة التفضيل، مثل:

（1）你比她漂亮。　أنتِ أجمل منها.

（2）尼罗河（Níluó Hé）比长江长。　نهر النيل أطول من نهر اليانغتسي.

（3）你比他更坚强。　أنت أقوى منه.

2）A+跟+B+一样（+形/动）｜A+跟+B+不一样

如果要表示一种事物在某一方面跟另一种事物相同，就用这种方式。"一样"是比较的结果，"形/动"是比较的方面。例如：

تستخدم هذه الصيغة إذا أردنا أن نعبر عن أن شيئا ما يتشابه مع شيء آخر في صفة من الصفات، وكلمة "一样" بمعنى "مثل" هي نتيجة المقارنة، أما "形/动" "الفعل/ الصفة" فيدل على وجه المقارنة، مثل:

（1）下学期的汉语老师跟这学期的汉语老师一样是北京人。

（2）这个房间跟那个房间一样干净。

（3）阿里跟艾哈迈德一样喜欢踢足球。

否定式 صيغة النفي：A+跟+B+不+一样

（4）这个房间跟那个房间不一样，这个房间有电话，那个房间没有电话。

（5）他的意见跟我的意见不一样。

"跟"可以换成介词"和"、"与"（书面语）。

"跟" يمكن استبدالها بـ "和" أو "与" في اللغة التحريرية.

四、生成练习

رابعا: مفردات ممتدة

【串词】سلاسل الكلمات

凉快 —— 凉爽（shuǎng）　　痛（tòng）快　　　　　　愉（yú）快
　　　　　（منعش）　　　　（مبتهج- في غاية السعادة）　　（سعيد）

主任 —— 主人　　　　　　　主席（xí）　　　　　　　主编（biān）
　　　　　（سيد- مُضيف - مالك）　（رئيس）　　　　　　　（رئيس تحرير）
　　　　　主力（lì）
　　　　　（القوة الرئيسة）

气温 —— 体温　　　　　　　水温　　　　　　　　　　高温
　　　　　（درجة حرارة الجسم）　（درجة حرارة المياه）　　（درجة حرارة مرتفعة）
　　　　　低（dī）温　　　　保温
　　　　　（درجة حرارة منخفضة）　（يحفظ درجة الحرارة）

文学 —— 数（shù）学　　　　医学　　　　　　　　　　哲（zhé）学
　　　　　（علم الرياضيات）　　（الطب）　　　　　　　　（الفلسفة）
　　　　　语言学
　　　　　（علم اللغة）

【搭配】الاقتران

骑 + ＿＿＿＿＿

　自行车　　　　　　　　　　摩托车（mótuōchē, دراجة بخارية）

　马（mǎ, حصان）　　　　　骆驼（luòtuo, جمل）

擦 + _____

脸	桌子	窗户	黑板（hēibǎn, **سبورة**）
汗	眼泪（yǎnlèi, **دموع**）	鼻涕（bíti, **مُخاط**）

浪费 + _____

时间	钱	精力（jīnglì, **قوة**）	材料（cáiliào, **مواد**）
资源（zīyuán, **موارد**）	人力（rénlì, **طاقة بشرية**）

一门 + _____

课	外语（**لغة أجنبية**）	学问（xuéwen, **علم**）
艺术（yìshù, **فن**）	技术（jìshù, **تقنية**）	炮（pào, **مدفع**）

【替换】التباديل

1. 开罗的夏天比　　北京　　热。

他	他哥哥	高贵
这件衣服	那件	高贵
坐出租汽车去	坐地铁去	方便
长城	故宫	更有名
我的汉语水平	伊曼	低

2. 公共汽车没有　　地铁　　快。

香蕉	橙子	便宜
中午	上午	凉快
妹妹的衣服	姐姐	多
这个房间	我的房间	干净
这一课的语法	上一课	难

3. 下学期的课程安排跟这学期（不）一样。

我的年纪	他
伊曼的录音机	这台

这种咖啡的价格	那种
我到家的时间	爸爸
我的兴趣爱好	我同屋

4. 他的汉语跟　　她一样　　流利。

房间里的温度	外边	高
他要去的地方	我家	远
锻炼	休息	重要
他的房间	我的	乱
这本书	那本书	贵

5. 你喜欢的话,　　就送给你一本。

明天不上课	你来我家吧
东西太重	你就别拿了
你不想去	就别去了
复习完了	我们就去看电影
西瓜便宜	你就买个大的

五、功能示例

خامسا: نماذج تطبيقية

【征询】 طلب الرأي والمشورة

句 例 أمثلة

你说,我是坐公共汽车去还是坐地铁去?

会 话 حوار

（1）A：好像快要下雨了。你说，我要不要带伞？

B：你坐出租汽车去吧，不用带伞。

（2）A：你说，这次比赛我参加不参加？

B：这是一个好机会，你应该参加。

【比较 المقارنة】

句 例 أمثلة

1. 北京的夏天比这儿凉快吗？

2. 坐公共汽车没有坐地铁快。

3. 公共汽车跟地铁一样挤。

会 话 حوار

（1）A：你经常坐地铁上班吗？

B：不，要是起得早，我就坐公共汽车。坐公共汽车比坐地铁便宜。

（2）A：你的汉语说得真好！

B：哪里，我的汉语没有你好。

（3）A：请进。真不好意思，我的房间太乱了。

B：没关系，我的房间跟你的一样乱。

六、练 习
سادسا: التدريبات

 （一）熟读下列音节　اقرأ المقاطع الصوتية التالية

shēn—chēn　　cā—zā　　　dī—tī　　liáng—niáng

jǐ—qǐ　　　　dǔ—tǔ　　　dù—tù　　huò—kuò

mēn—mān　　hàn—hèn

xiāoxi—shāoxi   chāoguò—zhāomù

chuānghu—zhuānghù   liángkuɑi—niángtāi

zhǔrèn—chǔfèn   dǔchē—tǔsī

kèchéng—gèrén   shēngqì—shāngjì

wénxué—wánjié   chángshí—chéngshí

nánshòu—néngdòng   làngfèi—lèngzheng

（二）熟读下列短语   اقرأ التعبيرات التالية

外套长	衬衣短	外套比衬衣长	衬衣没有外套长
火车快	汽车慢	火车比汽车快	汽车没有火车快
苹果贵	香蕉便宜	苹果比香蕉贵	苹果没有香蕉便宜
今天热	昨天凉快	今天比昨天热	今天没有昨天凉快
这儿暖和	那儿冷	这儿比那儿暖和	那儿没有这儿暖和
爸爸忙	妈妈不太忙	爸爸比妈妈忙	妈妈没有爸爸忙
这个楼高	那个楼低	这个楼比那个楼高	那个楼没有这个楼高

昨天很热	今天也很热	今天跟昨天一样热
这里很方便	那里也很方便	那里跟这里一样方便
姐姐很漂亮	妹妹也很漂亮	妹妹跟姐姐一样漂亮
哥哥喜欢妹妹	我也喜欢妹妹	我跟哥哥一样喜欢妹妹
那课语法很难	这课语法也很难	这课语法跟那课语法一样难
这双鞋很好看	那双鞋也很好看	那双鞋跟这双鞋一样好看

（三）写出带下列部件的汉字   اكتب الرموز التي تحتوي على الأجزاء التالية

氵 ____ ____ ____ ____

亻 ____ ____ ____ ____

土 ____ ____ ____ ____

饣 ____ ____ ____ ____

（四）读音节写汉字，注意同音汉字的区别

حول المقاطع الصوتية التالية إلى رموز مع مراعاة الرموز المتشابهة في النطق

难 shòu____   qì____温   常 shí____

教 shòu____   qì____车   shí____候

课 chéng____   主 rèn____

chéng____市   rèn____识

（五）用"比"改写句子   أعد صياغة الجمل التالية باستخدام "比"

例：昨天 34 度，今天 30 度。   （凉快，热）

────→ 今天比昨天凉快。

昨天比今天热。

1. 我 20 岁，他 19 岁。   （大，小）

2. 我有 3 本词典，他有 1 本词典。   （多，少）

3. 她的毛衣 130 元，我的毛衣 185 元。   （贵，便宜）

4. 昨天气温 28 度，今天气温 34 度。   （高，低）

5. 姐姐 1 米 65，妹妹 1 米 70。   （高，矮 ǎi）

（六）用括号中的词语完成"比"字句

أكمل الجمل التالية بجملة "比" مع الاستعانة بالكلمات والتعبيرات داخل الأقواس

1. 我喜欢吃妈妈做的菜，不喜欢吃姐姐做的，因为＿＿＿＿＿＿
＿＿＿＿＿＿＿。（好吃）

2. 白天你只穿了一件衬衣，晚上可要多穿点儿衣服，因为＿＿＿＿＿
＿＿＿＿＿＿＿＿。（冷）

3. 昨天气温很高，今天气温不太高，＿＿＿＿＿＿＿＿＿。（凉快）

4. 我买了三个本子，他买了两个本子，＿＿＿＿＿＿＿＿。（多）

5. 从这里到邮局要走 10 分钟，到银行要 20 分钟，＿＿＿＿＿＿＿
＿＿＿＿＿。（远）

（七）用"跟……（不）一样"改写句子

أعد صياغة الجمل التالية باستخدام "跟……（不）一样"

例：1）这本词典 30 元，那本词典也是 30 元。

—→ 这本词典跟那本词典一样便宜。

2）这本词典 30 元，那本词典 40 元。

—→ 这本词典的价格跟那本词典不一样。

1. 我喜欢吃饺子，他也喜欢吃饺子。

2. 金字塔很有名，长城也很有名。

3. 这次考试，迪娜考了 90 分，我考了 85 分。

4. 阿里喜欢运动，我也喜欢运动。

5. 这个建议他同意，我不同意。

6. 我很忙，他也很忙。

（八）用"要是……的话"完成句子 أكمل الجمل التالية باستخدام " 要是……的话 "

1. ＿＿＿＿＿＿＿＿＿＿＿＿＿＿，今年暑假我就去中国旅行。

2. ＿＿＿＿＿＿＿＿＿＿＿＿＿＿，这件事就这样决定了。

3. ＿＿＿＿＿＿＿＿＿＿＿＿＿，我们就不去金字塔了。

4. 最近有点儿忙，明天＿＿＿＿＿＿＿＿＿＿＿，我一定去。

5. 太贵了！＿＿＿＿＿＿＿＿＿＿＿＿，我就买。

（九）根据阅读课文内容回答问题

أجب عن الأسئلة التالية طبقا لما ورد في نص المطالعات

1. 关于下学期的课，哈立德说了什么？

2. 关于下学期的课，阿里说了什么？

3. 关于下学期的课，迪娜说了什么？

4. 系主任通知的跟他们说的一样吗？

5. 下学期的课是变了还是没变？

（十）翻译下列句子 ترجم الجمل التالية

1. 开罗晚上的气温跟白天不一样。

2. 她说话的声音比我好听。

3. 这次考试没有上次难。

4. 我的爱好跟她不一样。

5. 要是你喜欢听笑话，我可以每天给你讲。

6. 他要是不同意的话，你说，我们应该怎么办？

（十一）交际练习　　تدريبات على التواصل اللغوي

彼此询问对方家乡的情况，比较一下哪些地方一样，哪些地方
不一样（例如： 交通、气候、生活习惯等）。

تبادل الأسئلة عن أحوال بلدك، مع مقارنة أوجه التشابه والاختلاف، (مثل: الموصلات،
الطقس، العادات) .

七、中国文化知识
سابعا: معلومات عن الثقافة الصينية

中秋节　عيد منتصف الخريف (عيد البدر)

يقع عيد منتصف الخريف في الخامس عشر من الشهر الثامن القمري، ولأنه يقع في منتصف الخريف
بالضبط فقد أطلق عليه هذا الاسم ويطلق عليه أيضا عيد الشهر الثامن، وقد اعتاد الصينيون في هذا اليوم
التمتع بمنظر القمر وتناول كعك البدر.

ويوجد في الصين قول شائع يقول " إن القمر يصل إلى قمة إشراقه ليلة عيد منتصف الخريف "، كما
أن الحكايات الشعبية الصينية بها العديد من الأساطير التي تدور حول القمر، ومن أشهر هذه الأساطير
أسطورة " تشانغ غه تتجه نحو القمر "، وتروي أحداث هذه الأسطورة أن " يي " قد حصل على دواء يجعل
الإنسان يتمتع بشبابه إلى الأبد ولا يموت، فقامت زوجته " تشانغ غه " بتناول هذا الدواء خلسه، وبعد
تناولها إياه وعلى غير المتوقع طارت " تشانغ غه " إلى القمر. وكان يو يعلم بأن زوجته تشانغ غه سوف
تشعر بالوحدة فوق القمر، لذلك قام بتحضير مائدة تحت ضوء القمر ووضع عليها جميع أنواع الفاكهة التي
تحبها زوجته عسى أن تراها وهي فوق القمر.

ولعيد منتصف الخريف تاريخ طويل، فقد كان الإمبراطور الصيني في العصور القديمة يتعبد للقمر في
هذا اليوم طالبا حصادا وافرا في كل أنواع الحبوب والغلال، وأن يتمتع شعبه بالهناء والسعادة، وفى الوقت

الذي ظهرت فيه هذه العادة ظهرت عادة التمتع بمنظر القمر، وبعد ذلك تحولت هذه العادات إلى العيد الذي يحتفلون به في الوقت الحاضر، وقد اعتاد الناس في هذا العيد لم شمل العائلة حيث يجلس أفراد العائلة معا حول مائدة مستديرة، ويتمتعون بمنظر القمر ويتناولون حلوى البدر، وهذه الحلوى مستديرة تشبه القمر في استدارته في هذا الوقت وهى محشوة من الداخل، ذات مذاق شهي وطعم حلو، وهى من الحلويات التي يحبها الصينيون.

第三十课　这点心是我自己做的

الدرس الثلاثون: لقد صنعت هذا الكعك بنفسي

一、课文

أولا: النص

会 话—1

الحوار (1)

(المشهد: دينا صنعت بعض الكعك وتقدمه للين خونغ كي تتذوقه)

林红：味道好极了！你自己也来一块吧。

迪娜：不用，不用，你慢慢吃，我那儿还有。

林红：这点心做得真不错，又好吃又好看。这是在哪个店里买的？

迪娜：不是买的，是我自己做的。

林红：真的吗？你会做点心？

迪娜：是我妈妈教我的。在我们这里，女孩子差不多都会做这样的
　　　小点心。我们常用它来招待客人。

林红：这些点心是用什么做的？

迪娜：主要是面粉、鸡蛋和黄油，还有很多别的东西。你看，这块
　　　点心里边有草莓，这一块上有厚厚的奶油，这一块的外面裹
　　　了一层巧克力。

林红：要准备的东西真多！一定很麻烦吧？

迪娜：不麻烦，这些东西很容易买到。你想学做点心的话，我可以
　　　教你，或者让我妈妈教你。

林红：那太好了！回国以后，我爸爸妈妈就可以吃到我做的点心了。

生　词
المفردات

1.	招待	（动）	zhāodài	يحتفي بالضيف
2.	面粉	（名）	miànfěn	دقيق
3.	鸡蛋	（名）	jīdàn	بيضة فرخة
	鸡	（名）	jī	فرخة
	蛋	（名）	dàn	بيض
4.	黄油	（名）	huángyóu	زبدة صفراء
	油	（名）	yóu	شحم- زيت
5.	草莓	（名）	cǎoméi	فراولة
6.	奶油	（名）	nǎiyóu	زبدة
7.	外面	（名）	wàimiàn/wàimian	السطح الخارجي
8.	裹	（动）	guǒ	يلف...بـ - يدهن... بـ
9.	层	（量）	céng	طبقة
10.	麻烦	（形、动）	máfan	متعب - مزعج - يضايق

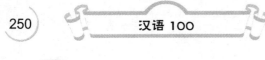

（2）الحوار

(المشهد: حافظة نقود علي سُرقت، فذهب لإبلاغ الشرطة، الشرطي يسأله عن ملابسات ما حدث)

警察：你的钱包是昨天丢的吗？

阿里：是的，警察先生。我记得吃午饭的时候钱包还在口袋里。

警察：你能肯定吗？

阿里：我肯定。因为当时我怕钱不够，点菜的时候我看了看钱包。

警察：你是在哪家饭馆吃的饭？

阿里：在学校附近的一家小饭馆吃的。名字……我没注意。

警察：你和谁一起去吃的？

阿里：我一个人。

警察：吃饭的时候，你脱衣服了没有？

阿里：让我想想……对，我脱掉了外衣，然后……哦，是他！

警察：谁？

阿里：一个又高又胖的男人。他碰掉了我的外衣。

警察：然后呢？

阿里：他说了一声"对不起"就走了。一定是他！是他偷的！

警察：别激动，请你说一说他的样子。

阿里：他的脸我没看清楚，个子……好像跟您一样高，……

	生 词			
	المفردات			
1.	钱包	（名）	qiánbāo	حافظة نقود
	包	（名、量）	bāo	حقيبة – لفة – كلمة كمية
2.	记得	（动）	jìde	يتذكر
3.	肯定	（动、形）	kěndìng	يؤكد- من المؤكد أن
4.	当时	（名）	dāngshí	في ذلك الوقت
5.	点	（动）	diǎn	يختار - يطلب
6.	脱	（动）	tuō	يخلع
7.	掉	（动）	diào	يسقط
8.	外衣	（名）	wàiyī	معطف
9.	碰	（动）	pèng	يصطدم بـ
10.	声	（量、名）	shēng	كلمة كمية - صوت
11.	偷	（动）	tōu	يسرق
12.	激动	（动、形）	jīdòng	ينفعل- منفعل
13.	清楚	（形）	qīngchu	واضح

我们是坐飞机去的

上个星期，我们参观了尼罗河附近著名的旅游城市卢克索。卢克索离开罗六百多公里，游客可以坐火车去，也可以坐飞机去。我们是坐飞机去的。

到卢克索旅游的最好季节是冬季。现在快要到夏季了，所以游客不太多，旅游团更少。我们参加的旅游团是长江旅行社组织的，他们的服务让我们感到非常满意。

卢克索是古埃及首都的一部分，那里保留了许许多多的神庙，是古埃及文明的宝库。在卢克索，灿烂的古埃及文明又一次征服了我们。

		生　词 المفردات		
1.	河	（名）	hé	نهر
2.	季节	（名）	jìjié	موسم - فصل من فصول السنة
3.	冬季	（名）	dōngjì	فصل الشتاء
4.	夏季	（名）	xiàjì	فصل الصيف
5.	感到	（动）	gǎndào	يشعر بـ
6.	古	（形）	gǔ	قديم
7.	保留	（动）	bǎoliú	يحتفظ بـ
8.	许多	（形）	xǔduō	كثير من
9.	神庙	（名）	shénmiào	معبد
10.	文明	（名、形）	wénmíng	حضارة - متحضر
11.	宝库	（名）	bǎokù	كَنز
12.	灿烂	（形）	cànlàn	مشرق - رائع
13.	征服	（动）	zhēngfú	يقهر

专　名

1. 尼罗河	Níluó Hé	نهر النيل
2. 卢克索	Lúkèsuǒ	الأقصر

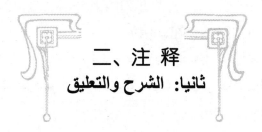

二、注 释

ثانيا: الشرح والتعليق

1. 我脱掉了外套

动词"掉"作结果补语时有两种意思。

الفعل "掉" يكون له معنيان عندما يأتي مكملا للنتيجة.

1）在及物动词后边，表示去除。例如：

1) يكون معناه "التخلص من" أو "الإتيان على"، عندما يأتي بعدَ فعل متعدٍ مثل:

（1）我的自行车已经卖掉了。

（2）苹果是谁吃掉的？

2）在不及物动词后边，表示离开。例如：

2) عندما يأتي بعد فعل لازم يكون معناه "المغادرة"، مثل:

（1）他家刚买的鸡跑（pǎo，يجري）掉了。

（2）客人们都走掉了。

2. 然后呢

这句话的意思是："然后发生了什么？"口语中常常使用这一省略形式来追问某一事件的变化、发展。

هذه الجملة معناها " وماذا حدث بعد ذلك ؟ "، ويكثر استخدام هذه الجملة المختصرة في اللغة الشفهية للسؤال عن التغيرات والتطورات التي حدثت في شيء ما.

三、语法
ثالثا: القواعد

1. 又……（,）又……

"又……（,）又……"用来连接并列的形容词（短语）、动词（短语），表达几种情况、状态或动作同时存在。例如：

صيغة "……又 （,） ……又" تستخدم في ربط الصفات أو التعبيرات الوصفية، والأفعال أو التعبيرات الفعلية المعطوفة للإشارة إلى وجود صفات أو حدوث أفعال في نفس الوقت، مثل:

（1）这点心又好吃又好看。

（2）他又高又胖。

（3）伊曼又会唱歌，又会跳舞。

（4）最近他很忙，又要打工，又要学习。

2. "是……的"句（1）

汉语可以用"是……的"来强调与动作有关的时间、地点、方式和人物等。"是"放在要强调说明的对象前，在肯定句中可以省略。否定句在"是"前加"不"，"是"不能省略。例如：

يمكن استخدام صيغة "的……是" في اللغة الصينية للتأكيد على وقت أو مكان أو أسلوب حدوث الفعل أو القائم به، وتوضع كلمة "是" قبل العنصر المراد التأكيد عليه، ويمكن حذفها في الجملة المثبتة، أما الجملة المنفية فلا يمكن الاستغناء عنها نظرا لوجود أداة النفي "不" قبلها، مثل:

（1）我（是）今年六月来的。　　　　（الوقت）

（2）蛋糕（是）在点心店买的。　　　（المكان）

（3）旅游团（是）坐飞机来的。　　　（الأسلوب）

（4）这件事不是我告诉他的。　　　　（القائم）

如果动词带有名词作宾语，宾语常常放在"的"后边。例如：

إذا أتي بعد الفعل مفعول به، غالبا ما يسبق بكلمة "的"، مثل:

（5）A：你是在哪儿看到的通知？　（＝你是在哪儿看到通知的？）

　　　B：在系办公室门口看到的（通知）。

（6）A：你们是怎么去的卢克索？　（＝你们是怎么去卢克索的？）

　　　B：坐火车去的（卢克索）。

四、生成练习
رابعا: مفردات ممتدة

【串词】 سلاسل الكلمات

激动 —— 感动　　　　　运动　　　　　劳（láo）动　　　　活动

（تأثر- متأثر）　　　　（عمل - كد）　　　　　　　　（نشاط）

　　　　生动　　　　　反动　　　　　松动　　　　　　行动

　　　　（مؤثر）　　　　（رجعي）　　　　（أصبح مرنا）　　　（تحركات）

　　　　跳（tiào）动　　转（zhuàn）动　　抖（dǒu）动

　　　　（يضطرب）　　　　（يدير）　　　　　（يرتجف）

　　　　震（zhèn）动

　　　　（يزلزل）

清楚 —— 清晰（xī）　　　清醒（xǐng）　　　清洁（jié）

　　　　（واضح）　　　　（صافي الذهن）　　　（نظيف）

　　　　清除（chú）

　　　　（يزيل）

保留 —— 保证　　　　　保持（chí）　　　保存（cún）

　　　　　　　　　　　（يبقي على）　　　（يحفظ - يحتفظ بـ）

　　　　保护（hù）　　　保密（mì）　　　保卫（wèi）

　　　　（يحمي）　　　　（كتم السر）　　　（يحمي - يدافع عن）

　　　　保姆（mǔ）　　　保险

　　　　（مربية أطفال）　　（تأمين）

【搭配 الاقتران】

_____ + 掉

脱   拿   吃   扔   剪（jiǎn, **يقص**）   杀（shā, **يقتل**）

走   飞   跑（pǎo, **يجري**）

感到 + _____

满意   高兴   遗憾   紧张   失望（shīwàng, **يفقد الأمل**）

幸福（xìngfú, **سعادة**）   光荣（guāngróng, **شرف**）

灿烂的 + _____

文明   阳光（yángguāng, **ضوء الشمس**）   笑容（xiàoróng, **ضحك**）

一层 + _____

巧克力   油   灰（huī, **رماد**）   漆（qī, **طلاء**）

布（bù, **قماش**）   皮（pí, **جلد**）   楼

【替换 التباديل】

1. A：你是<u>今天</u>来的吗？   B：不，我是<u>昨天</u>来的。

去年	今年五月
跟旅游团	自己
一个人	和朋友一起
坐公共汽车	坐地铁
从埃及	从突尼斯

2. A：你是<u>和谁一起</u>去的？   B：我<u>一个人</u>去的。

怎么知道	听别人说
用什么写	用钢笔写
在哪里看见	在饭店门口看见
几点到	晚上十二点到

3. 我是在开罗　　　　学的　　　　汉语。

在火车站	买	票
昨天早上	到	卢克索
跟她一起	看	电影
在埃及	认识	阿里
用电脑	写	信

4. 这种苹果又　　　　大又　　　　甜。

爸爸妈妈的房间	大	干净
这家饭馆的菜	贵	不好吃
她的汉语	流利	清楚
公共汽车里	挤	热

五、功 能 示 例
خامسا: نماذج تطبيقية

【有把握】 التأكد من شيء ما

句 例 | أمثلة

1. 我肯定。

2. 一定是他！

会 话 | حوار

（1）A：你肯定那位老师是突尼斯人吗？

　　　 B：我肯定。

（2）A：你肯定阿里会来参加比赛吗？

　　　 B：我肯定他会来。

【顿悟】 إدراك الشيء فجأة

句 例 أمثلة

......哦，是他！

会 话 حوار

A：伊曼，你是不是打算暑假去长江旅行社打工？

B：您是怎么知道的？......哦，您认识白经理，是他告诉您的吧。

六、语法小结
سادسا: ملخص القواعد

多用法字 الرموز متعددة الاستخدام (1)：的　了　呢　吧

　　汉字是语素文字，有的汉字有多种用法和意义。如常见的"的"、"了"、"呢"、"吧"。

نظرا لأن الرموز الصينية تمثل وحدات صرفية (مورفيمات) تدخل في تكوين العديد من الكلمات، فإن العديد من هذه الرموز يكون لها عدة استخدامات، وأكثر الرموز متعددة الاستخدام في اللغة الصينية هي الرموز"的" و"了" و"呢" و"吧".

1. 的

　　1）结构助词，用作定语的标志，或与名词、动词、形容词组成"的"字短语。例如：

1) كلمة مساعدة للتركيب ، تستخدم كعلامة للنعت أوللاقتران مع الاسم أو الفعل أو الصفة لتكوين عبارة الرمز "的"، مثل:

　　（1）伊曼有一件漂亮的旗袍。

　　（2）这是谁的收音机？

　　（3）教汉语的老师还没有来。

（4）穿蓝衣服的是他妹妹。

（5）王小华买了很多东西，吃的、穿的、用的都有。

2）语气助词，用于句尾，加强肯定语气。例如：

2) كلمة مساعدة للهجة، تستخدم في نهاية الجملة لزيادة لهجة التأكيد في الجملة، مثل:

（6）A：你是白经理吧？

　　　B：是的，有什么事吗？

（7）放心，你的病会好的。

（8）她是 1985 年出生的。

2. 了

1）动态助词，用于动词之后，宾语之前，表示动作、行为的实现或完成。例如：

1) كلمة مساعدة تعبر عن حالة الفعل، توضع بعد الفعل وقبل المفعول به للتعبير عن تحقق أو انتهاء الفعل، مثل:

（1）他吃了很多水果。

（2）我们一共学了三十课。

（3）旅行社接待了几十个旅游团。

（4）王老师问了我们几个问题。

2）语气助词，用于句尾，表示肯定语气等。例如：

2) كلمة مساعدة للهجة، تستخدم في نهاية الجملة لتعبر عن لهجة التأكيد، مثل:

（5）这位导游太好了，她对游客非常关心。　　（للتعبير عن التعجب）

（6）练习都做完了。　　　　　　　　　　　（للتعبير عن انتهاء حدوث الفعل）

（7）天晴了，咱们去公园玩儿吧。　　　　　（للتعبير عن التحول）

3. 呢

1）用于疑问句句尾，缓和语气或表示疑问，表示疑问时"呢"不能省略。例如：

1) يستخدم في نهاية الجملة الاستفهامية لتلطيف لهجة الاستفهام، كما يستخدم بمفرده للتعبير عن

الاستفهام، وفي تلك الحالة لا يمكن حذفه، مثل:

（1）你为什么不喜欢他呢？　　　（لهجة حميمية ）

（2）今天晚上他来不来呢？　　　（لهجة حميمية ）

（3）妈妈，我的手表呢？　　　（للتعبير عن السؤال ）

2）用于非疑问句句尾，表示动作正在进行。例如：

2) يستخدم في نهاية الجملة الخبرية للتعبير عن استمرارية حدوث الفعل، مثل:

（4）A：喂，王小华在吗？

　　　B：他正休息呢，你下午再打吧。

（5）他进来的时候，艾哈迈德正听录音呢。

4. 吧

1）用于疑问句句尾，减弱疑问程度，表示揣测语气。例如：

1) يستخدم في نهاية الجملة الاستفهامية لتلطيف لهجة الاستفهام والتعبير عن ترجيح شيء ما، مثل:

（1）参加旅游团的人一定很多吧？

（2）这是你的宿舍吧？

（3）他今年三十多了吧？

2）用于非疑问句句尾，表示请求、建议、同意等，有缓和语气的作用。例如：

2) يستخدم في الجملة الخبرية للتعبير عن الطلب، أو الاقتراح، أو الموافقة، ويسهم هذا الرمز في تلطيف لهجة الجملة، مثل:

（4）王老师，让我回答吧！　　　（للتعبير عن الرجاء ）

（5）请白经理帮帮忙吧！　　　（للتعبير عن الاقتراح ）

（6）行，就这么办吧！　　　（للتعبير عن الموافقة ）

（7）A：王小华，我想和你聊聊天儿。

　　　B：好吧，我现在就去你那儿。　　　（للتعبير عن الموافقة ）

七、功 能 小 结
سابعا: ملخص النماذج التطبيقية

句 例 │أمثلة│

【描述变化 وصف التغير】

1. 最近的天气越来越不正常了。

2. 我的词典不见了。

【列举 التعديد】

北京的名胜古迹很多，你可以去游览（yóulǎn, يزور مكانا سياحيا）一下儿万里长城，参观参观故宫博物馆，还可以去北京的胡同（hútòng, أزقة）走一走，看一看。

【假设 الشرط】

1. 要是你不相信我，你可以去问伊曼。

2. 如果我是你的话，我就去买一本新的。

【责怪 اللوم】

你怎么总是用我的词典？

【不解 الحيرة وعدم الفهم】

1. 现在刚到六月，天气怎么这么热了？

2. 词典那么大，怎么会不见了？

【征询】 طلب الرأي والمشورة

我的一个朋友要去中国，你说她应该带些什么衣服？

【比较】 المقارنة

1. 北京的冬天比开罗冷。
2. 北京和开罗一样漂亮。

【有把握】 التأكد من شيء ما

1. 我相信她一定会喜欢北京这座城市。
2. 是的，我肯定。

【顿悟】 إدراك الشيء فجأة

哦，我知道了，你又没钱了。

综合会话 حوارات شاملة

（1）

(المشهد: صديقة دينا تستعد للسفر إلى بكين في الشتاء، دينا تسأل لين خونغ عن أحوال بكين)

迪娜：我的一个朋友准备今年冬天去北京，你说她应该带些什么衣服？

林红：北京的冬天比开罗冷，你让她多带一些厚衣服。

迪娜：我的朋友比较喜欢旅游，她应该参观哪些景点呢？

林红：北京的名胜古迹很多，她可以去游览一下儿万里长城，参观参观故宫博
物馆，还可以去北京的胡同走一走，看一看。

迪娜：你觉得她会喜欢北京吗？

林红：北京和开罗一样，是一座漂亮的城市，也是一座热情的城市，我相信她
一定会喜欢。

（2）

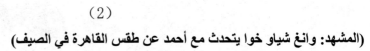

王　小华：最近的天气越来越不正常了。现在刚到六月，怎么已经这么热了？

艾哈迈德：这很正常。埃及的春天比较短，夏天来得很早。

王　小华：那怎么办？我很怕热，我的房间里没有电风扇。

艾哈迈德：别担心。夏天外边的温度是很高，但是房间里不太热。

王　小华：晚上怎么样？

艾哈迈德：晚上一般比较凉快。

王　小华：真的？你肯定？

艾哈迈德：是的，我肯定。要是你不相信我，你可以去问阿里，他是埃及人。

王　小华：我相信，我相信。

（3）

(المشهد: علي وأحمد يذاكران في حجرة الاطلاع الملحقة بالمكتبة)

艾哈迈德：（小声地说）你怎么总是用我的词典？你的呢？

阿里　　：我的词典不见了。

艾哈迈德：词典那么大，怎么会不见了呢？是不是在教室里？

阿里　　：不在。

艾哈迈德：宿舍里也没有吗？

阿里　　：没有。

艾哈迈德：什么时候不见的？

阿里　　：我也不知道。

艾哈迈德：如果我是你的话，我就去买一本新的。

阿里　　：我是想买一本新的，可是……

艾哈迈德：哦，我知道了，你又没钱了。

八、练 习

ثامنا: التدريبات

（一）熟读下列音节　اقرأ المقاطع الصوتية التالية

jī—zhī　　bāo---pāo　　tuō—duō　　tōu—dōu

pèng—bèng　gǔ—kǔ　　diǎn—tiǎn　dàn—tàn

tuō—tāo　　tōu—tāo　　yóu—yáo　　céng—cáng

guǒ—guǎ　　dàn—dèn　　pèng—pàng

zhāodài—chāozài　　　qīngchu—jīngxing

jīdàn—qīdài　　　　dāngshí—tāngchí

jīdòng—qīhuò　　　　dōngjì—tōngqì

xǔduō—shǔshuō　　　gǎndào—kǎndāo

cǎoméi—zǎopén　　　nǎiyóu—láiyóu

jìjié—qìxué　　　　xiàjì—qiàsì

bǎoliú—pǎoxié　　　qiánbāo—quánbiāo

shénmiào—shǎnyào　　wénmíng—wángmìng

（二）熟读下列短语和句子　اقرأ التعبيرات والجمل التالية

又唱又跳　　　喜欢又唱又跳　　　她喜欢又唱又跳

又说又笑　　　喜欢又说又笑　　　她喜欢又说又笑

又吃又喝　　　喜欢又吃又喝　　　他喜欢又吃又喝

又冷又饿　　　现在又冷又饿　　　他现在又冷又饿

又快又好　　　写得又快又好　　　她写得又快又好

又年轻又漂亮　长得又年轻又漂亮　她长得又年轻又漂亮

又便宜又好看　衣服又便宜又好看　这件衣服又便宜又好看

又干净又安静　图书馆又干净又安静　这个图书馆又干净又安静

又清楚又流利　说得又清楚又流利　她汉语说得又清楚又流利

（三）写出带下列部件的汉字   اكتب الرموز التي تحتوي على الأجزاء التالية

氵 ___ ___ ___

亻 ___ ___ ___

土 ___ ___ ___

灬 ___ ___ ___

（四）读音节写汉字，注意同音汉字的区别

حول المقاطع التالية إلى رموز صينية، مع مراعاة الرموز المتشابهة في النطق:

感 dào____   文 míng____   保 liú____   qián____包

知 dào____   著 míng____   liú____利   qián____天

外 yī____   招 dài____   奶 yóu____   草 méi____

yī____生   dài____表   旅 yóu____   méi____有

（五）写反义词   اكتب عكس الكلمات التالية

长 —— 　　热 —— 　　大 —— 　　左 ——

好 —— 　　高 —— 　　早 —— 　　上 ——

快 —— 　　轻 —— 　　多 —— 　　贵 ——

借 ——

（六）用"又……又……"完成句子   اكمل الجمل التالية باستخدام "又……又……"

1. 迪娜每天都练习写汉字，她写得_____。

2. 这个饭店的房间_____。

3. 我们去图书馆看书吧，那儿_____。

4. 她_____，每次开晚会，她都要表演一个节目。

5. 她很会买东西，买的东西总是_____。

6. 那家饭馆的菜_____，我们去别的地方吃吧。

（七）用所给词语造"是……的"句

استخدم الكلمات التالية في عمل جمل بصيغة "是……的"

1. 外套　　　去年　　　买

2. 坐　　　飞机　　　来

3. 水果　　　她　　　买

4. 骑　　　自行车　　　来　　　学校

5. 在　　　学校食堂　　　吃　　　晚饭

6. 收音机　　　在　　　中国　　　买

（八）在横线上填上适当的词　　أكمل الفراغات بالكلمات المناسبة

1. 学校附近有一家小饭馆，那儿的菜____好吃____便宜。我和同屋____去那儿吃。

2. 没课的时候我就去学校图书馆看书，因为那里____干净____安静，环境很_____。以后你们也____我一起去____。

3. 昨天我和迪娜去了外文书店，在那儿看到一本阿汉词典。我翻____翻，觉得很不错，想买一本。迪娜说："这词典太贵____，你别买。我____有一本，你想看_____，我可以借给你。"

4. 一天，我正在宿舍里听收音机，阿里来了，他____来叫我去操场踢足球____。他看见我的收音机____小____漂亮，问我是在哪儿买____，我说____在中国买____。"能借我听听____？"他问我。我回答说："当然可以。"

（九）用括号中的词语回答下列问题

أجب عن الأسئلة التالية مستعينا بالكلمات بين القواس

例：这本书是你买的吗？　　　　　　　（姐姐）

　　　　—→ 这本书不是我买的，是我姐姐买的。

1. 这件毛衣是在这儿买的吗？　　　　（中国）

2. 你是今年开始学的汉语吗？　　　　（去年）

3. 你是在中国学的汉语吗？　　　　　（这儿）

4. 你是坐公共汽车来学校的吗？　　　（自行车）

5. 你是阿里介绍来的吗？　　　　　　（艾哈迈德）

6. 你们是星期四去的金字塔吗？　　　（星期五）

（十）把下列词语连成句子　　رتب الكلمات التالية في جمل صحيحة

1. 我　迪娜　和　一起　卢克索　是　去　的

2. 王小华　去年　来　的　是　埃及

3. 这　点心　盒　他　是　送　给　的　你

4. 老师　赵　教　是　中国　的　文化

5. 我　肯定　他　来　会　晚会　参加　的

6. 林红　又　干净　漂亮　房间　的　又

（十一）根据阅读课文内容回答问题

أجب عن الأسئلة التالية طبقا لما ورد بنص المطالعات

1. 他们是什么时候去参观卢克索的？

2. 卢克索在哪儿？

3. 卢克索是一座什么样的城市？

4. 卢克索离开罗有多远？怎么去？

5. 哪个季节去卢克索旅游最好？

6. 他们是跟哪个旅行社的旅游团去的？

7. 旅行社的服务怎么样？

（十二）交际练习　　تمرينات على التواصل اللغوي

1. 请你介绍自己拿手的一种点心，说说它的味道有什么特点，需要用哪些原料，怎么制作，从哪里学来的，等等。

1- تحدث عن نوع الكعك الذي تتناوله في يدك، على أن يتطرق حديثك إلى خصائصه من حي الطعم، والعناصر المستخدمة في عمله، وكيف يصنع، وأين تعلمت طريقة عمله.

2. 说说你喜欢在什么样的地方吃饭，并说明理由。

2- تحدث عن خصائص المكان الذي تفضل فيه تناول الطعام، ولماذا؟

九、中国文化知识
تاسعا: معلومات عن الثقافة الصينية

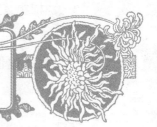

 清明节和重阳节　عيد النور وعيد الشمس

يقع عيد النور في الرابع أو الخامس من شهر أبريل، وهو العيد الذي اعتاد فيه الصينيون زيارة مقابر الأجداد والأسلاف وذلك لإحياء ذكراهم، وفى كل عيد يقوم الناس بتجديد تربة المقبرة وترتيب ما حولها، بالإضافة إلى ما يضعونه أمام المقبرة من طعام وخمر. وفي هذا الوقت من العام يكون الجو ربيعياً دافئاً والأزهار متفتحة فينتهز الناس هذه الفرصة في الذهاب إلى الضواحي لزيارة مقابر أقاربهم والتمتع بالمناظر الطبيعية والتنزه في الهواء الطلق، وهذه الأعمال هي أكثر الأعمال التي يحب الصينيون عملها في هذا العيد.

أما عيد الشمس فيأتي في التاسع من الشهر التاسع القمري. في العصور القديمة اعتاد الناس في هذا العيد الصعود إلى الأماكن العالية والتمتع برؤية زهور الأقحوان وشرب خمر هذا النبات الجميل وغير ذلك من العادات، ويعد الشهر التاسع من أنسب الشهور للخروج والتنزه، ويعد الصعود للأماكن العالية وتسلق الجبال من أكثر الأعمال شيوعاً في هذا الشهر. وزهرة الأقحوان هي نبات عطري ذو فوائد جمة لجسم الإنسان، وتذكر الحكايات الشعبية الصينية أن هذا النبات يقي الإنسان من المحن والمصائب. وفى بعض الأماكن يتناول الناس حلوى بمناسبة هذا العيد تسمى حلوى عيد الشمس.

生词索引　فهرس المفردات

遵守	（动）	26
座	（量）	22
做客	（动）	22
做梦	（动）	25
作业	（名）	18

专 名

B

白（姓）	20
北京大学	21

C

长城	22
长江	26

G

故宫	22

H

胡夫	22

J

解放广场	22

L

卢克索	30

M

麦当劳	27

N

尼罗河	30

T

天安门广场	22

W

武汉大学	24

X

香港	22

Z

赵（姓）	24
朱（姓）	21

扩充生词索引　فهرس المفردات الموسعة

功能项目音序索引　فهرس أبجدي للنماذج التطبيقية

语法项目分类索引　　فهرس القواعد النحوية

部分词语注释音序索引　فهرس شرح التعبيرات

汉字索引　　فهرس الرموز الصينية

جدول الأجزاء الجانبية للرموز الصينية 部分汉字偏旁表

(二)

偏旁 جذر	例字 مثال				偏旁 جذر	例字 مثال			
亠	变	交	离	市 夜	曰	最 冒	量	晨	替
	京				贝	贵 费	贴	赢	
十	什	博			见	规 觉			
厂	历	原	厕	厉 厌	手	拿			
	厚				灬	爱 受			
人	伞	从	会	合	父	爸 爷			
勹	句	包			欠	款 歌			
儿	先	元			文	齐			
凵	画				方	旅 旁	旗		
⺈	色	危	免		火	灯 烦	炼	烧	
力	动	助	劲	加 努	户	房 扇			
厶	参	去	丢		石	碰 码	磁		
廴	建				罒	置 罚			
土	地	场	城	坏 块	矢	短			
	堵	境	增		白	的 皇			
寸	对	封	讨		疒	病 疼	痛		
巾	帮	布	帽	帝	立（ ）	章 意	站		
饣	饭	馆	饿	饺	⻂	衬 袍			
广	广	应	度	麻 庙	耳	联 聊			
	座	库			页	预 颜	须	题	
ヨ	录				舌	乱 舒			
尸	屋	局	层	展	舟	般			
马	骑	驾	验	驶	衣	装			
车	轻	较	输		走	起 超	赶	趣	越
比	毕				言	警			

酉	醒	雨	需 雪 零
足	路 跳 跟 踢	革	鞋
青	静	食	餐